SV

Robert Menasse
Ich kann jeder sagen

Erzählungen vom Ende
der Nachkriegsordnung

Suhrkamp

Erste Auflage 2009
© Suhrkamp Verlag Frankfurt am Main 2009
Alle Rechte vorbehalten, insbesondere das der Übersetzung,
des öffentlichen Vortrags sowie der Übertragung
durch Rundfunk und Fernsehen, auch einzelner Teile.
Kein Teil des Werkes darf in irgendeiner Form
(durch Fotografie, Mikrofilm oder andere Verfahren)
ohne schriftliche Genehmigung des Verlages reproduziert
oder unter Verwendung elektronischer Systeme
verarbeitet, vervielfältigt oder verbreitet werden.
Druck: Pustet, Regensburg
Printed in Germany
ISBN 978-3-518-42114-7

2 3 4 5 6 — 14 13 12 11 10 09

Ich kann jeder sagen

Alle Helden sind auch nur Söhne

Beginnen

Im Flugzeug von Wien nach Rio de Janeiro – Nein. Ich möchte neu anfangen. Als ich Eva zum ersten Mal küsste, hörten wir die Platte »Born to be wild«. Das ist sechzehn Jahre her. Als ich unlängst von der Arbeit heimkam, wehrte Eva meinen Versuch, sie zu küssen, ab, worauf ich in das Zimmer unserer Tochter schaute. Vanessa lag mit geschlossenen Augen auf ihrem Bett und hörte »Born to be alive«. Sie öffnete nicht einmal die Augen. Ich – Nein. Ich möchte neu anfangen. Ich war ein sehr guter Student, der zu den schönsten Hoffnungen berechtigte. Es war, als steckte in mir eine bis zum Äußersten angespannte Stahlfeder. Mein Lehrer, Professor Schneider, gab mir zu verstehen, dass er von mir erwartete, das Studium mit Auszeichnung abzuschließen. Aber die Feder löste sich nicht, ich machte nicht den Sprung nach vorne, sondern verhedderte mich in Theorien. Ich studierte übrigens Wirtschaftswissenschaften. Ich schrieb eine Arbeit zum Thema »Heterodoxer Schock«. Die Methode des heterodoxen Schocks gilt als Mittel, eine darniederliegende Nationalökonomie durch eine bewusst herbeigeführte reinigende Krise zu sanieren, in der man völlig geänderte Bedingungen für einen neuen Aufschwung durchsetzt. Das war die Lehrmeinung. Ich plädierte aber dafür, diese Methode auch einmal bei saturierten, stabilen Volkswirtschaften anzuwenden, um auch diesen wieder das Gefühl von Aufbruch und Neubeginn zu geben. Diese These war ein Skandal. Am Ende musste ich froh sein, eine positive Abschlussnote zu bekommen. Seit damals – Nein. Ich will neu anfangen. Wahrscheinlich begann es schon, als ich zur Schule ging. Es war die Zeit, Ende der 6oer-Jahre, als die Idee, man könne und müsse neu beginnen, alles anders und besser machen, zum allgemeinen Fetisch wurde. Dieser Zeitgeist, just wenn man in der Pubertät ist! Ich hörte »I want to hold your hand« und hielt Händchen. Ich hörte »Let's spend the night together« und erregt – diskutierte ich über Gesellschaft, Establishment und Unterdrückung. Maria – hieß sie wirklich so? Egal, sie war die erste, mit der ich mir einen Sprung ins Leben vorstellte, in ein freies, intensives Leben. Maria wollte mich nicht küssen, aber sie fragte mich, warum ich diese seltsame Delle auf der Stirn habe. Ich versuchte nochmals, meinen Mund auf den ihren zu drücken, das heißt, ich stellte mir so intensiv vor, es zu tun, dass ich fast – Ich muss neu anfangen. Ich war ein sehr schüchternes Kind, so brav, dass man, wenn ich spielte, im Wohnzimmer das Ticken der Standuhr hören konnte. Ich habe – Nein. Ich muss neu beginnen. Die Delle. Ich war eine schwierige Geburt. Meine Mutter erzählte immer wieder, ich hätte sie fast umgebracht. Schließlich habe man eine Zange verwendet. Diese Stümper. Warum kein Kaiserschnitt? Stümper und Ignoranten, da waren sich Vater und Mutter einig, hätten ihr Leben kaputt gemacht. Und ich, an den schließlich die Aufgabe delegiert war, den sozialen Aufstieg der Familie zu schaffen, hatte nun diese Delle. Und – Nein. Ich muss

neu beginnen. Wirklich am Anfang. Das hat mir meine
Mutter erzählt: Genau im Moment meiner Zeugung
habe mein Vater plötzlich gefragt: »Liebling, hast du
auch die Standuhr im Wohnzimmer aufgezogen?« Diese Frage ausgerechnet in diesem Augenblick! Meine
Mutter war schockiert und augenblicklich verkrampft.
Dazu muss man die Geschichte dieser Uhr kennen,
die – aber das führt zu weit. Ich müsste neu beginnen.
Ich tat es. Wie viel Glas es auf einem Flughafen gibt!
Das entdeckte ich erst, als ich abreiste, um neu anzu-
fangen. Auf dem Weg zum Gate ging ich ununterbrochen auf Glaswände, auf Glastüren zu, in denen ich
mich spiegelte. Jetzt, da ich wegging, traf ich endlich
mich selbst. Eine Trennung ist eine abrupte Befreiung
aus unproduktiven Verstrickungen, eine bewusst herbeigeführte reinigende Krise, im Grunde ein heterodoxer Schock. Im Flugzeug nach Brasilien hatte ich das
Gefühl, dass eine innere Feder sich löste und dass sie
es war, die den Start dieses Flugzeugs bewirkte. Meine
Euphorie war so groß, dass ich meinte, mit Helium gefüllt zu sein, das mich ganz leicht machte und zugleich
meine Außenwände straff nach außen drückte. Gab
es da noch eine Delle, eine Beschädigung? Nein. Der
Flugkapitän sagte die Flugzeit durch. Es sollte ein langer Flug werden. Aber gemessen an all meinen Anläu-
fen würde er doch nur ein kurzer energischer Satz sein.
Im Kopfhörer hörte ich dann das Lied »I'm the tiger«.
Und ich dachte: Ja.

Lange nicht gesehen

Wenn ich ein abstraktes Bild sehe, sehe ich nichts als ein abstraktes Bild. Der Rorschachtest löst bei mir lediglich ein Wiedererkennen des Rorschachtests aus. Sehe ich eine schwebende Jungfrau, dann sehe ich eine Frau, die aufgrund einer Reihe von versteckten technischen Vorkehrungen des Magiers zu schweben scheint. Dafür, dass man die Vorkehrungen nicht sieht, wird der Illusionskünstler bezahlt, ich kann also auch hier meinen Augen trauen. Und im Hinblick auf die ewige Plausibilität der kleinen Welt, in der ich lebe, hat es den Affekt, dass ich wohl nicht richtig sehe, ohnehin nie geben können. Was alles möglich ist, weiß ich nicht. Aber wenn ich es sehe, weiß ich, dass es wirklich ist.

Das alles stimmt natürlich nicht, wie ich einsehen musste.

Nicht bloß deshalb, weil ich doch einmal mit eigenen Augen etwas gesehen habe, das ich nie für möglich gehalten hätte. Aber damit hat es begonnen.

Wie jeden Abend machte ich mit meinem Hund eine Runde um den Häuserblock. Unzählige Male schon war ich bei meinen Abendspaziergängen an der Pik-Dame-Bar vorbeigegangen, ohne je auch nur auf die Idee gekommen zu sein, hineinzugehen. Warum ich an jenem Abend plötzlich eintrat, um ein Bier zu trinken, weiß ich nicht. Vielleicht war meine diffuse Lebenssehnsucht gerade stärker als meine Angst, die prinzipiell jede Enttäuschung einkalkuliert und sie daher vermeidet, vor allem wenn es so einfach ist wie beim Vorbeigehen an einem dubiosen Wiener Vorstadtlokal, auch wenn das Gelächter von drinnen bis auf die Straße dringt.

Ich muss den Eindruck eines Blinden gemacht haben, als ich mit meinem Hund in dem Lokal stand und hilflos mit weit aufgerissenen Augen durch die beschlagenen Brillengläser starrte. Was ich wie durch einen langsam sich lichtenden Nebel sah und ewige Augenblicke lang nicht glauben konnte, war eine Horde betrunkener und grölender Männer, die um einen Tisch herumstanden – auf dem die Lechner tanzte.

Die Lechner Maria. Ich kannte sie seit der Schulzeit als den Inbegriff des Braven und Biederen, wir waren in derselben Klasse gewesen. Nie hat sie jemanden abschreiben lassen, aus Angst, dass dies ihr eigenes schulisches Fortkommen beeinträchtigen könnte. Noch bei der Matura hatte sie zwei Zöpfe gehabt, natürlich hatte sie mit Auszeichnung bestanden. Unmittelbar nach der Maturaprüfung fuhr die halbe Klasse in die Stadt, um zu feiern. Wir waren überrascht, dass die Lechner mitkam – dann war sie die einzige, die mit der Straßenbahn nicht schwarzfahren wollte, und wir mussten endlos auf sie warten, weil sie erst irgendwo Vorverkaufsfahrscheine besorgen musste.

Getrunken hat sie dann nur Soda mit Himbeer. Verrucht ist uns die Webora vorgekommen mit ihrem ewigen süßen Martini. Die ist dann plötzlich mit dem Humer verschwunden, der hat überhaupt schon immer Ouzo bestellt.

Später habe ich die Lechner noch gelegentlich getroffen, immer nur durch Zufall, aber bis zu ihrem dreißigsten Lebensjahr ist sie ungebrochen das zehnjährige Mädchen geblieben, das brav seine Hausaufgaben macht. Mit vierundzwanzig hatte sie ihr Jusstudium abgeschlossen, mit fünfundzwanzig, nach dem Gerichtsjahr, die Richteranwärterprüfung bestanden und vier Jahre später die Übernahmsprüfung. Alles ist bei ihr stets glattgegangen, konfliktlos, ohne Ablenkung, im idealen Zeitplan, dann war sie Richterin, und ich hatte sie aus den Augen verloren.

Und jetzt, beinahe sechs Jahre später, sah ich sie also wieder – wie sie betrunken kreischend und lachend auf einem Tisch tanzte, von dem sie ständig herunterzustürzen drohte, während sie die Hände, die sich ihr entgegenstreckten, unter dem Vorwand, ihr Halt zu geben, verächtlich abwehrte, unter dem Vorwand, sie abzuwehren.

Die Musik, die den kleinen schummrigen Raum der Bar ausfüllte, kam aus einem Radio, wie ich merkte, denn als das Lied zu Ende war, kamen Nachrichten. Deutsche Demokratische Republik. Es sei begonnen worden, die Berliner Mauer abzureißen, sagte der Sprecher. Die Nachkriegsordnung löse sich auf. Nochmals war durch das Geschrei und Gelächter hindurch deutlich das Wort Nachkriegsordnung aus dem Radio zu hören. Maria stand auf dem Tisch, die Hände in die Hüften gestemmt. Plötzlich sah sie mich, sie lachte auf, entweder weil sie mich erkannte, oder weil die Männer, die ihr vom Tisch herunterhalfen, sie – nein, weil sie mich erkannt hatte, denn sie kam gleich zu mir.

Sie hatte diesen starren, glänzenden Blick von Glasaugen, die in einer weichen Maske stecken, die jederzeit zu zerfließen droht. Sie stolperte, beinahe wäre sie mir, aufkreischend, um den Hals gefallen. Servus Holzer, sagte sie. Lange nicht gesehen.

Mein Hund begann zu bellen, ich hatte einen Schweißausbruch, die Augengläser, die beinahe wieder klar waren, liefen neuerlich an. Das müssen wir feiern, sagte sie, aber nicht hier.

An den engen rosa Pulli der Kellnerin, die plötzlich vor mir stand, kann ich mich noch erinnern, ganz kurz der Gedanke an einen gläsernen Frauenkörper, gefüllt mit Soda mit Himbeer, die große schwarze Kellnerbrieftasche, die sich wie ein dunkler Schlund öffnete, auf dessen Grund es glitzerte, ein Arm in blau-weiß gestreiftem Hemd, der von irgendwoher kam und, ich weiß nicht wie und von wem, weggeschlagen wurde, so viel Bewegung unmittelbar um mich herum, und ich war so starr.

Auf der Straße hängte sich Maria bei mir ein. Erzähl! Ich musste plötzlich lachen. Ich hatte nichts zu erzählen.

Ich habe bisher ein Leben geführt, von dem nur erwähnenswert ist, dass es in eigentümlicher Konsequenz nie einer Erwähnung wert war. Als ich einmal einen gewissen Stolz zu empfinden begann, dass ich ein aufsehenerregendes Leben führte, merkte ich allzu bald, dass der banale Anlass dieses Stolzes bloß dumme und belanglose Schülerstreiche waren. Als ich dann einmal glaubte, der Meinung sein zu dürfen, dass ich ein kämpferisches und intensives Leben beginne, merkte

ich, dass ich konsequenzlose studentische Scharmützel
beinahe allzu wichtig genommen hätte. Als ich mein
Studium abbrach, trat ich in eine Bank ein, in der ich
noch heute arbeite.

Mein Leben seitdem lässt sich erst recht in beschä-
mend wenigen Worten vollständig beschreiben: Pünkt-
lichkeit, Freundlichkeit und jener Fleiß, der seine Ob-
jekte in derselben harmonischen Geschwindigkeit sich
vermehren sieht, wie er sie wegerledigt. Ich habe nicht
den Wunsch, eine Autobiographie zu schreiben, aber
der Gedanke, dass, hätte ich den Wunsch, diese schon
mit dem Kauf von Papier fertiggestellt wäre, da sie
füglich nur aus leeren Seiten bestehen müsste, irritierte
mich sehr. Diese Unzufriedenheit ist unverständlich,
denn ich habe keine Sorgen. Aber sie ist verständlich,
denn ich bin nie glücklich gewesen.

Ich gerate meinem Vater nach. Er ist ein korrekter
Mann, freundlich ohne Überschwang, mit einer stillen,
ewig ängstlichen Frau, meiner Mutter.

Ich wäre lieber nach meinem Großvater gekommen.

Im Jahr 1968, ich war gerade vierzehn, hat er mir zum
ersten Mal aus seinem Leben erzählt. Im Februar 1934
hat er als Sozialist am Arbeiteraufstand teilgenommen,
später im Spanischen Bürgerkrieg in den Internatio-
nalen Brigaden gekämpft, dann ist er in die englische
Emigration gegangen und mit der British Army als
Befreier zurückgekommen. Ist auch kein Sieg gewesen, hat er gesagt. Warum? Schau dich doch um. Na,
du wirst schon noch sehen, was ich meine. Und ange-
rechnet wurde uns das auch nie, die ganzen Jahre des

Kampfes, nicht einmal für die Pension. Heute reicht's gerade dazu, auf einem Parkbankerl zu sitzen. Soll ich vielleicht Tauben füttern? So grausliche Viecher.

Als Großmutter schwer krank wurde, haben sie gemeinsam eine Überdosis Schlaftabletten geschluckt. Damals war ich siebzehn und bin in der Schule fast durchgefallen.

Mein Selbstgefühl habe ich in jener Zeit sicherlich aus der Verachtung bezogen, die ich für all die empfand, in deren Leben immer alles so glatt, problemlos und harmonisch ablief, dass ihnen stets die richtige Antwort, aber nie eine Frage einfiel. Ich verachtete also fast alle, natürlich auch die Lechner. Ich war überrascht, wie sehr ich das Wiedertreffen mit ihr genoss. Jetzt, mit fünfunddreißig, war sie plötzlich eine Achtzehnjährige, bei der sich das simple Hochgefühl, das man empfinden mag, wenn man schon rauchen darf, grotesk übersteigert zeigte. Aber es hatte einen Sog, von dem ich, ängstlich und verspannt, also auf unklare Weise augenblicklich erregt, mitgerissen wurde. Und als wir nach einem Lokalbummel, der meine Kräfte beinahe überstiegen hätte, zusammen ins Bett gingen, da hatte ich das Gefühl, von Maria erst zum Mann gemacht zu werden. Ich meine dies in Hinblick auf die eigentümlichen Idealbilder, die gesellschaftlich von Männlichkeit und Weiblichkeit existieren und die in der Sexualität im Ideal einer Lust kulminieren, die ich nur aus Pornofilmen kannte, die mir aber in meinem eigenen Leben unerreichbar schien. Ich wurde von Maria in einer Weise mit Lust bedient, während ich selbst die überraschendsten Ekstasen bei ihr auszulösen imstande war, dass ich – ich kann es nicht anders sagen – plötzlich ein anderer war.

Und ich sah jetzt auch die Welt mit anderen Augen. Mit Verwunderung fragte ich mich, wie es möglich war, dass sie mir so fraglos selbstverständlich werden konnte, und wie mir hatte genug sein können, was sie mir bot. Dieses Geregelte, das sich so unermüdlich in sich selbst erschöpfte, dieses glatte Funktionieren, für das man in der Regel mit keinem Genuss belohnt wurde.

Natürlich habe ich Maria gegenüber sofort ein gewisses Suchtverhalten entwickelt. Wir waren zwei in die gerade Bahn geworfene Menschen, die plötzlich entdeckt hatten, dass die lustvolle Ausgelassenheit und Narretei des Faschings, den ich auch nie lustvoll erlebt hatte, jederzeit hergestellt werden konnte. Wie viele Lokale es in der Stadt gab und wie viele Genüsse, die wir uns leisten konnten! Und wie viele Orte für die Liebe! Und nie musste man sagen: Ich liebe dich. Und nie musste man verschweigen: Ich dich nicht. Denn wir waren kein Liebespaar, sondern gewissermaßen Kollegen, die ein gemeinsames Interesse pflegten, nämlich die Herstellung von Ausnahmen.

Ausnahmen, die zur Regel wurden. Wir vereinbarten Exzesse nach dem Terminkalender, konsumierten Genüsse, die auf einem Markt angeboten wurden, der genauso durchkalkuliert war wie die Geschäfte der Bank, für die ich arbeite. Und plötzlich produzierten all diese Reize nur neue Sehnsüchte: nach einem Erholungsurlaub, nach Reformkost und Obstsäften, nach einem guten Fernsehprogramm.

Wenn ich in der Früh aufwachte, war mein Gesicht

aufgedunsen, und meine Augen waren verschwollen. Zwei Aspirin gegen die Kopfschmerzen wurden mir bald zur Gewohnheit, so wie früher das Frühstücksei. Vor der Arbeit noch die Zeitung zu lesen gelang mir kaum mehr, mein Blick wanderte über die Zeilen, ohne dass ich verstand, was ich las. Wenn ich zu Fuß durch den Stadtpark zur Arbeit ging, hatte ich Erstickungsängste im Sturm der Tauben, die wie riesige graue Flocken um die alten Frauen mit ihren Futtertüten wirbelten.

Als ich Maria vergangenen Freitagabend von zu Hause abholte, wollte sie, bevor wir ausgingen, erst die Nachrichten im Fernsehen anschauen. Es ist toll, sagte sie, es passiert ja jetzt jeden Tag etwas Überraschendes. Sowjetunion, DDR, Tschechoslowakei. Schau dir das an, sagte sie. Sie wirkte müde und abgespannt. Als die innenpolitischen Nachrichten kamen, begann sie zu erzählen, was für einen unglaublichen Fall, wie sie sagte, sie heute im Gericht habe bearbeiten müssen. Eine Zumutung, sagte sie, womit sie sich herumschlagen müsse.

Es ging um ein Verfahren über die Bestellung eines Sachwalters. Ich fragte sie, was das sei. Auf deutsch gesagt, ein Entmündigungsverfahren, sagte sie. Für eine Person, die an einer psychischen Krankheit leidet oder geistig behindert ist und alle oder einzelne Angelegenheiten nicht ohne Gefahr eines Nachteils für sich selbst zu besorgen imstande ist, ist auf ihren Antrag oder von Amts wegen ein Sachwalter zu bestellen. Gut, also stell dir vor: Ein neunundachtzigjähriger Mann geht immer wieder blind im ersten Bezirk herum, rempelt die Leute an, stolpert, reißt Menschen fast nieder, kurz: erregt öffentliches Ärgernis. Der Mann wurde polizeibekannt, weil es immer wieder Hinweise auf der Polizeiwachstube gab, Beschwerden, sogar Anzeigen, oder weil es auf der Straße zu Szenen kam, bei denen vorbeikommende Polizisten einschreiten mussten und so weiter. Das Problem entstand ja vor allem dadurch, dass der Mann sich nicht als Blinder kennzeichnete, etwa durch eine Blindenschleife, und auch keine Hilfsmittel verwendete, die einem Blinden ein selbständiges Bewegen auf der Straße ermöglichen, also zum Beispiel einen Blindenstock oder einen Blindenhund. So ein Blindenhund ist ja sehr praktisch, wie du weißt, du hast ja selbst einen, sagte sie grinsend. Kurz und gut, es stellt sich heraus, der Mann ist gar nicht blind. Er hat keinen Blindenausweis, und er war bei einer Einvernahme durch einen Beamten im Kommissariat Innere Stadt geständig, außer einer Altersweitsichtigkeit keine Beeinträchtigung seines Sehsinns zu haben. Er wurde abgemahnt, aber in der Folge hat er diese Vorspiegelung von Invalidität, so steht es in meinen Akten, Vorspiegelung von Invalidität fortgesetzt, was zu regelmäßigen Störungen der öffentlichen Ordnung führte. Daraufhin hat die Polizei das Gericht veranlasst, ein Verfahren einzuleiten. Da dem Mann keine Betrugsabsicht nachgewiesen werden kann, etwa Erschleichung einer Invalidenrente – er hat ja nicht einmal die Menschen auf der Straße angebettelt, im Gegenteil, er hat sie niedergerannt –, kam es natürlich zu keinem Strafprozess, und plötzlich habe ich die Akte auf meinem Schreibtisch im Pflegschaftsgericht und soll klären, ob ein Sachwalter bestellt werden muss. Mit so einem haarsträubenden Unsinn muss ich meine Zeit verbringen, sagte Maria.

Ich fragte sie, warum denn der Mann so getan habe, als ob er blind sei.

Eben, sagte sie, das habe ich auch wissen wollen. Ich habe also einen Termin für seine Anhörung gemacht, und die war heute. Der Mann ist einfach ein Querulant, glaube ich. Weißt du, was er gesagt hat? Mir ist bekannt, hat er gesagt, dass Invalidität das begehrteste Privileg in Österreich und daher das Lebensziel jedes Österreichers ist. Aber er wolle sich weder als Invalide ausgeben, noch sonst ein Privileg haben. Und schon gar keine Almosen. Aus diesem Grund habe er auch die sogenannte Ehrengabe nicht angenommen, diese viertausend Schilling, die die Republik Österreich den Überlebenden der Judenverfolgung gespendet hat. Es sei einfach so, hat er gesagt, dass er einfach nicht mehr sehen könne, was man sieht, wenn man offenen Auges durch die Straßen geht. Es sei also ein natürlicher und gesunder Reflex, dass er davor die Augen verschließe. Ich habe ihn gefragt, was denn so schrecklich an dem sei, was es zu sehen gebe. Daraufhin hat er mir elendslang sein Leben erzählt, ich habe versucht, ihn zu unterbrechen, aber er hat einfach immer weitergeredet. Er soll meine Frage beantworten, habe ich gesagt. Genau das versuche ich ja, hat er geantwortet.

Ich fragte Maria, was er denn erzählt habe.

Was weiß ich, sagte sie, er hat geredet und geredet, sein ganzes Leben wollte er mir erzählen, du kannst dir ja vorstellen, ich meine, das ist ja bekannt, dass es sehr schwierig war für diese Generation. Aber ich halte eben diese alten Männer nicht mehr aus, die heute noch so gern vom Krieg erzählen, oder vom Bürgerkrieg.

Welcher Bürgerkrieg, fragte ich. Erste Republik oder Spanien?

Wie bitte? Ach so, Spanien. Ja, von Spanien wollte er auch erzählen, glaube ich, ich weiß es wirklich nicht, viel gekämpft hat er halt, und so habe ich ihn noch einmal gefragt: Was ist denn das Schreckliche, das Sie sehen, sind das die Bilder aus der Vergangenheit, die Sie nicht losbekommen?

Der Fernsehapparat lief übrigens noch immer. Jetzt begann die Werbung zwischen dem Wetterbericht und den Kulturnachrichten. Ich war hochgradig irritiert, wollte am liebsten aufstehen und den Apparat ausschalten, befürchtete aber, Maria zu unterbrechen.

Nein, hat der Alte gesagt, es sind die Bilder der Gegenwart. Ich verstehe das nicht, habe ich gesagt, er könne doch froh sein, dass es Frieden gibt und nicht mehr diese politischen Wirren und dieses furchtbare Elend. Und dann sagte er: Na, sehen Sie es denn nicht, Frau Rat? Nein, habe ich gesagt, ich sehe nicht, was so furchtbar sein soll. Darauf er: Sehen Sie, Frau Rat, ich möchte mich jetzt, auf meine alten Tage, besser anpassen, drum mache ich eben die Augen zu, damit ich es auch nicht sehe.

Das hat er gesagt?, fragte ich.

Ja, sagte Maria, der Mann ist krank im Kopf.

Und was hast du gemacht?

Nichts. Ich hatte nur zu klären, ob die Voraussetzungen für Sachwaltschaft vorliegen. Die liegen nicht vor. Ich kann ihm ja nicht einen Sachwalter mitgeben als Blindenhund. Der Mann rennt wahrscheinlich jetzt gerade wieder als Blindgänger in der Stadt herum. Ein kleiner Spinner, was willst du machen?

Ich saß zurückgelehnt da, mit geschlossenen Augen, in meinem Kopf hallte Marias Stimme nach und dröhnte eine Waschmittelwerbung.

Können wir nicht diesen verdammten Apparat ausschalten? fragte ich.

Nein, warte, sagte sie, ich will noch die Kultur sehen.

Ich war nicht mehr imstande, ein Wort mit ihr zu reden. Sie merkte natürlich bald, dass etwas zerrissen war, auch wenn sie offenbar nicht verstand, warum.

Wir gingen essen, sprachen aber kein Wort, ausgenommen beim Bestellen. Ich trank schneller und mehr als gewöhnlich. Maria sah mich fragend an. Als sie mich schließlich fragte, was ich denn hätte, verstand ich nicht gleich. Ich hatte meine Sinne nicht beisammen. Ich hatte erwartet, eine Sprechblase zu sehen, wenn sie etwas sagt, und das Gesagte lesen zu müssen und nicht zu hören. Aber ich konnte den Satz nicht sehen. Was hast du denn?, fragte sie nochmals.

Ich gab keine Antwort. Als ein Rosenverkäufer das Lokal betrat, beugte sich Maria weit über den Tisch zu mir herüber, berührte mich am Arm und sagte: Schenk mir eine Rose und lass mich allein!

Das Ende des Hungerwinters

»Der Affe brachte uns das Essen«, sagte mein Vater, machte eine Pause, »und ein Buch.« Jetzt wie immer die längere Kunstpause. »Das war meine erste bewusste Erinnerung.« Und meine. Denn ich selbst habe keine anderen Erinnerungen als die des Vaters und der Großeltern – nach ihren Erfahrungen und Erzählungen hatte alles, was ich selbst erlebte, nie eine bleibende Bedeutung haben können. Und immer bin ich ermahnt worden, dankbar dafür zu sein, dass ich in meinem nachgeborenen Leben nichts hatte erleben müssen. »Erleben« gab es in meiner Familie immer nur zusammen mit »müssen«, und wenn man Glück hatte, dann musste man nicht.

Alle starrten meinen Vater an. Ich konnte nicht glauben, dass sie diese Geschichte noch nicht gehört hatten: wie er mit seinen Eltern das letzte Kriegsjahr überlebt hatte – versteckt im Schimpansenkäfig des Amsterdamer Zoos. So oft hatte er diese Geschichte erzählt.

Es war der Leichenschmaus nach Großvaters Begräbnis. Meine Großeltern waren bereits Anfang 1934 wegen der Nazis von Dortmund nach Amsterdam gezogen, mein Vater ist erst hier zur Welt gekommen, 1939, also war er ein gebürtiger Holländer, geboren in den damals noch freien Niederlanden. Die Großeltern hatten sich sehr schnell assimiliert und waren stolz darauf, die Landessprache perfekt zu beherrschen, auch wenn sie immer noch Heine und Schiller lasen und untereinander manchmal in der Sprache Heines oder Schillers redeten. Auch beruflich hatte Opa rasch Fuß fassen können. Er sagte immer: »Ich bin in Deutschland geboren, aber ich habe in Holland meine Heimat gefunden!«

Vater aber war im Zweifelsfall ein *mof*, ein Klischeedeutscher. Leichenschmaus, das ist in Amsterdam völlig unüblich. Nicht, dass ich diese Tradition schlecht fände, aber es ist nicht unsere. Als Jude hätte er zum Shiva-Sitzen einladen können, als Amsterdamer zu *koffie met cake*. Aber durch seine Heirat mit Karin, einer Deutschen aus Paderborn, war er endgültig im Nichts angekommen: nirgends mehr zu Hause, ein Amsterdamer jüdischer *mof*, aber kein Amsterdamer, kein Jude, kein Deutscher. »Leichenschmaus« – es gibt dafür nicht einmal ein Wort im Niederländischen, also mir ist keines bekannt. Mein Freund Jaap fragte mich, ob die Deutschen vielleicht gar die Leichen verschmausen. Karin – seit meiner Pubertät habe ich nicht mehr Mutter zu ihr gesagt – meinte, es sei doch schön, wenn die Familie und die engsten Freunde nach dem Begräbnis miteinander essen und trinken würden, über den Verstorbenen redeten, ihn gleichsam aufleben ließen, und sich zugleich dafür stärkten, dass das Leben weitergehe. Das sei schön und sehr menschlich, auch wenn es keine holländische Tradition sei. Was weiß sie von menschlich?

Also Leichenschmaus. Im Restaurant »Amsterdommertje« in der Govert Flinckstraat. Vater hatte das ganze Lokal reserviert, alle Tische waren zu einer Tafel zusammengeschoben. Hierher war Opa in seinen letzten Monaten, nach Omas Tod, jeden Abend essen gegangen. Man konnte ihn auch nur noch hier treffen. Er hatte das Haus verkauft, in dem er mit Oma gelebt hatte, und war in ein kleines Appartement in der Govert Flinck gezogen. »Das kann ich allein besser verwalten«, hatte er gesagt, »Was brauche ich ein Haus?« In diesem Appartement aber wollte er keinen Besuch mehr empfangen. Wir dachten schon, dass er seine Wohnung verkommen ließ, nichts mehr sauber machte und so weiter, aber da kannten wir ihn schlecht. Er hatte sich nicht gehen lassen.

An der Wand des »Amsterdommertje« hing an diesem Tag ein gerahmtes Polaroid-Foto, das hier einmal von Opa gemacht worden war. Die dicken Brauen über seinen so typisch weit aufgerissenen Augen. Das war er. Am unteren Rand des Fotos stand »H. (für Harry) Rozenboom«, dazu das Datum der Aufnahme, keine drei Monate her. Die geweiteten Augen. In der Ecke hinter der kleinen Theke lehnte die blau-weiße israelische Fahne. Das hatte aber nichts mit Opa zu tun. Der Wirt war Anhänger von Ajax Amsterdam, dem »Judenclub«.

»Das war meine erste bewusste Erinnerung«, sagte Vater.

Knapp fünf Jahre war er damals alt, aber er hatte bereits ein halbes Jahr im Affenhaus des Amsterdamer Zoos versteckt gelebt, daher war er nicht überrascht gewesen oder hatte gar Angst gehabt. »Es war ganz normal: der Affe brachte uns das Essen.«

So ungewöhnlich, dass es größte Aufregung auslösen sollte – da sagte er es auch schon: »So ungewöhnlich, dass es größte Aufregung auslösen sollte, war nur, dass der Schimpanse Kosheeba auch ein Buch brachte. Er stellte den Blechnapf vor uns hin und stotterte. Es klang wie ein monotones Bellen, aber bei Bellen denkt man an einen Hund und nicht an einen Menschenaffen, also sagen wir stottern. Meine Mutter setzte sich auf und imitierte die Laute des Affen, ich stimmte sofort ein. Man muss ein *em* hinter dem Kehlkopf vibrieren lassen, die Lippen zusammenpressen und immer wieder plötzlich öffnen, das kommt ungefähr hin. Ich kann es bis heute.« Vater führte es vor. Es war komisch, es war lächerlich, aber keiner lachte. Er nahm einen Schluck Wein. Er trank viel. Die Abende zu Hause waren unerträglich: Karin ging schlafen, Vater aber trank immer weiter und grunzte und bellte wie ein Affe. Im Grunde war er ein Affe. Geblieben. Ich wollte so schnell wie möglich raus aus diesem Käfig und zog daher gleich nach dem Schulabschluss aus.

Die Großeltern hatten nicht von damals erzählen wollen. Einmal hatte Opa auf Nachfrage gesagt, im Frühjahr 45 habe er einen Teil seines Gedächtnisses verloren. Aber Vater war als Kleinkind zu den Affen gekommen, man hatte ihn zum Affen gemacht. »Ich glaube, ich könnte auch den Schrei des Purpurhaubenlorie noch, den wir damals immer vom Vogelhaus herübergehört haben« – was war das? Das war mir neu, Vater wich ab. Sonst kamen doch jetzt die Pelzmäntel, was erzählte er da von einem Papagei? »Die Vögel sind ja im Zoo gleich neben den Affen, und dieses *Khiraa,* das *aaa* am Ende hell und schrill, das ging durch Mark und Bein, es war schauerlich. Ich habe es einmal imitiert, damals im Affenhaus, weil ich es ja immer wieder gehört habe, nicht anders, als ich Worte oder Sätze meiner Eltern imitiert habe – und da hat Vater mir den Mund zugehalten. Er hat gebebt und mir die Hand so fest auf den Mund gepresst, dass ich geglaubt habe, meine Zähne kann ich dann ausspucken. Wie oft wir diesen Schrei gehört haben! Es war – es war – wie ein, ein ausgelagerter Angstschrei, unser Stellvertreterschrei.«

Vater nahm noch einen Schluck Wein. Alle am Tisch starrten ihn an. Wieso liebte er es so, ein Affe zu sein und durch die unsichtbaren Gitterstäbe, die ihn von den Menschen mit normalen Biographien trennten, angegafft zu werden? Und was war – »Was war mit diesem Vogel?«, rief ich. »Das Buch!«, sagte Piet van der Heerde, ehemals ein Geschäftspartner von Großvater. »Woher hatte der Affe ein Buch?«

Vater sah mich an, dann van der Heerde. »Das Buch«, sagte er. »Ja, das Buch. Das war wohl die Rettung. Es ist kein Zufall, sage ich immer, dass meine Erinnerung mit diesem Tag einsetzt. Als Kosheeba das Buch brachte. Da stand er also vor uns, mit Blechnapf und Buch. Mein Vater blieb zunächst liegen, ohne sich zu rühren. Ich kannte ihn damals nicht anders: ein krankes Tier, seitlich zusammengerollt mit angezogenen Beinen und den beiden Fäusten vor dem Gesicht, so dass über dem schwarzen Pelz nur sein grindiger Bart und der verfilzte Haarschopf zu sehen waren. Ich glaube nicht, dass ich damals Affen von Menschen, Kosheeba von

meinen Eltern und mir zu unterscheiden wusste, als
eine andere Gattung, Tier und Mensch. Mutter sagte
zu den Affen immer nur: die Tiere, aber nie hat sie
gesagt: wir Menschen. Also waren wir alle Tiere. Vater
und Mutter hatten Pelzmäntel an, die sie fast nie aus-
zogen.«

Wird er jetzt sagen, dass Großvater vor dem Krieg
Kürschner gewesen ist? Und dass er diesen Beruf danach nie mehr ausgeübt hat? Nein.

»Der Opossum meiner Mutter, aber auch der Nerz
meines Vaters unterschieden sich in meinen Augen
nicht sonderlich vom Fell der Affen. Ich trug damals
eine dicke Zottelpelz-Jacke, braunes Lammfell, das aber
mittlerweile schwarz vom Dreck war. Es war eine Jacke
für Erwachsene, mir viel zu groß, praktisch ein Mantel.
Im Affenhaus, im Winter 44, von enormem Vorteil.
Als wir unser Haus in der Uilenburgerstraat verlassen
mussten, hat mich Mutter in die wärmste Jacke ge-
steckt, die da war. Es war ja wenig Zeit, und mitnehmen
durften wir nur, was wir am Leibe tragen konnten. Keinen Koffer, keine Tasche, hatte Max gesagt, zieht euch
warm an. Unser Nachbar Max, er war Wärter im Zoo,
unser Retter. Und Mutter wusste ja nicht, wie lange wir
in dem Versteck bleiben mussten, also sollte ich etwas
anziehen, aus dem ich nicht gleich rauswachsen würde.
Es gibt ein Foto von Vater, Mutter und mir, das gleich
nach der Befreiung gemacht wurde. Wir stehen da wie
kostümierte Affen in unseren dicken dreckigen Pelzen.
Noch zwanzig Jahre später, als ich sie darum bat, mir
das Foto zu überlassen, war es Mutter peinlich, dass ich
einen Strohkopf hatte. Einen Strohkopf. Ich hätte mir

wenigstens das Stroh aus den Haaren wischen sollen, bevor wir uns für den Fotografen aufstellten, und sie machte sich Vorwürfe, dass sie selbst nicht darauf geachtet hatte. Dann sagte sie den Satz, den sie damals, im Affenhaus, immer wieder zu Vater gesagt hatte. Ich glaube nicht, dass mich die Erinnerung trügt, sie hatte schon damals regelmäßig zu meinem Vater gesagt: Man darf sich nicht gehen lassen!«

Nun wurde das Essen serviert. Ich hatte etwas mit Sauerkraut befürchtet, aber es gab Omeletts mit Lachs. Vater trank, wartete, bis jeder seinen Teller bekommen hatte, und setzte fort:

»Kosheeba hatte also den Blechnapf vor uns hingestellt, Mutter und ich, wir setzten uns auf, Vater rührte sich nicht, ließ sich gehen. Das Buch aber hielt der Affe noch, drehte es hin und her, bleckte die Zähne und stieß ein paar schrille Laute aus. Es klang wie ein Tschilpen, aber Tschilpen sagt man bei Vögeln, also sagen wir Lachen. Ich hatte Hunger und wollte mich gleich über den Napf hermachen, aber da war diese Aufregung wegen des Buchs, auch wenn es zu diesem Zeitpunkt noch kein Buch war, sondern bloß ein Päckchen, in Wachspapier eingeschlagen. Also saß ich einfach da, verstummte und schaute, weil ich die Erregung von Mutter spürte, die nun ebenfalls ganz still war, und die Aufgeregtheit von Kosheeba sah. Er stieß Vater kurz an, ließ das Päckchen vor ihm fallen und entfernte sich mit tänzerischer Behäbigkeit. Im Durchgang zum eigentlichen Käfig blieb er stehen, blickte zu uns zurück, einen sehr langen Moment, in dem wir uns aber nicht bewegten, und verschwand in die verbotene Zone. Dorthin, wo wir von Zoobesuchern hätten gesehen werden können, durfte ich nicht, da wurde Mutter wild, wenn ich hinkrabbelte oder ein paar Schritte in diese Richtung machte, dann quietschte sie, wie Kosheeba, wenn er aggressiv war, also sagen wir: sie rief mich streng zurück. Wir waren ja in diesem Korridor versteckt, durch den die Tierpfleger von hinten Zutritt zu jedem einzelnen Käfig hatten. Nur in der Nacht und nur gemeinsam mit den Eltern durfte ich durch den Durchschlupf und dann hinaus ins Außengehege, oder aber durch den Korridor zur Küche und von dort hinaus ins Freie. Dann sagte Vater: Die Luft! Und Mutter sagte: Die Sterne!«

Diese Stelle kam immer gut an beim Publikum. Da kamen Rührung und Ergriffenheit auf. Kein Mensch kann sich vorstellen, was es heißt, monatelang in einem Affenhaus versteckt zu leben. Selbst ich, der Sohn eines Affen, kann es mir nicht vorstellen. Ich habe Monate im Zoo verbracht, wenn man die Stunden all meiner Zoo-Besuche zusammenzählt, die Stunden, die ich als Student mit meiner Zoo-Jahreskarte vor dem Affenkäfig stand – und auch ich konnte es mir nicht vorstellen. Und je ausgefeilter und wirkungsvoller Vaters Erzählungen mit der Zeit wurden, desto unwirklicher und noch weniger vorstellbar wurde, was er erzählte.

Vater nickte und widmete sich schweigend seinem Teller. Keine Kunstpause: sein Omelett wurde kalt. Ich habe immer verachtet, wie er aß. Egal was auf den Tisch kam, er zerschnitt es schnell und achtlos in kleine Teile, um dann das Messer zur Seite zu legen und mit der Gabel alles in den Mund zu schaufeln.

»Was habt ihr da eigentlich bekommen zum – Essen, im – in dieser Zeit?«, fragte Remke, van der Heerdes Frau.

»Und das Buch!«, rief Nelleke, »Was war das für ein Buch?«

In der Familie gab es das Gerücht, dass Nelleke irgendwann die Geliebte von Opa gewesen sei. Sie hatte als Kellnerin im »Café Bouwman« in der Utrechtser Straat gearbeitet, im selben Haus, in dem Opa und van der Heerde ihr Comptoir hatten. Sie waren Anlageberater, Opa nannte es »Sicherheiten«, er handle mit »Sicherheiten«, und seine »Beziehung« zu Nelleke, wenn man es denn so nennen will, war in Wahrheit eine berufliche und begann erst, als Nelleke im Café kündigte, weil sie einen anderen Stammgast heiratete, Meneer Attila, der 1956 aus Ungarn geflüchtet war und als Diamanthändler in Amsterdam ein Vermögen gemacht hatte. Meneer Attila war ein zierliches, kleines Männchen mit schwarzen Haaren, die wie Tuschestriche auf seinem Kopf aufgezeichnet schienen, und einem kleinen, dünnen, sorgsamst gepflegten Schnurrbart nach der Art von Errol Flynn. Er trug seidene Stecktücher in der Farbe seiner Krawatten, und er war wohl in den achtziger Jahren der letzte Mann in Amsterdam, der eine Taschenuhr verwendete. Er hatte ein großes und ein kleines Auge, das kam angeblich von der Lupe, die er zur Begutachtung von Diamanten unausgesetzt ins Auge geklemmt hatte. Irgendwann konnte er es nicht mehr ganz öffnen. Wann immer man Attila und Nelleke traf, saß dieser kleine zarte Mann neben seiner Frau, die gut zwei Kopf größer war, legte sein Pfötchen auf ihre Pranke, tätschelte sie ununterbrochen und sagte von Zeit zu Zeit Sätze wie: »Bist du Liebstes, was ich hab auf der Welt!« Nach zwei Jahren war »Liebstes« Witwe, und Opa veranlagte ihr geerbtes Vermögen. Seither lebt sie gut von ihren Rücklagen.

Als Oma am Ende bettlägrig war, hat Nelleke sie regelmäßig besucht, stundenlang mit ihr Gott weiß was geredet und ihr vorgelesen. Oma liebte die Bücher von Harry Mulisch – sie sagte gern: »Ich verstehe nur zwei Männer – nämlich Harry!«

Also Opa und Mulisch.

Opa hat nicht viel geredet, aber Harry Mulisch hat viel geschrieben, und Nelleke hat Oma sein Gesamtwerk vorgelesen. Sogar sein Buch über Wilhelm Reich. Bei der Stelle über Sexualität als Spender der Lebensenergie habe die bereits moribunde Oma, so Nelleke, müde lächelnd gesagt: »Dieser Reich mag ja was verstehen vom Leben. Aber nichts vom Überleben!«

»Das Buch!«, rief also Nelleke. »Ja, das Buch! Was war damit?«, riefen andere. »Wieso brachte der Schimpanse ein Buch?« Vater schaufelte sein geschnetzeltes Omelett, hob die linke Hand, bedeutete: Geduld! Er werde gleich fortsetzen.

»Der Reihe nach«, sagte er mit vollem Mund. »Also, was war unser Futter?«

Futter! Das kam ihm wohl kess vor. Ironisch. Aber es war lächerlich. Vor allem als Einleitung zu seinem blöden Wortspiel, das jetzt unvermeidlich folgte. »Kugel und Knedl« wird er gleich sagen, das sei ihr Essen beziehungsweise Futter gewesen. Dann wird er die erstaunten Reaktionen abwarten, und wenn es sie nicht gibt, wird Karin sie stellvertretend mimen: »Was? Kugel und Knedl? Jiddische Spezialitäten im Affenhaus?« Dann wird er erklären, was Kugel im Affenhaus war und – Vater schluckte, ließ die Gabel auf den Teller fallen, schob den Teller weg, rülpste. Karin lächelte entschuldigend. »Kugel!«, sagte er. »Im Grunde gab es jeden Tag Kugel! Und Knedl!«

Ich hatte jetzt Sehnsucht nach Mirjam, meiner Frau. Ich hätte so gern mit ihr Blicke getauscht. Stille Komplizenschaft ist vielleicht die wahre Liebe. Andererseits: Was machte Karin bei meinem Vater anderes?

Mirjam war schon in der Früh kotzübel gewesen. Wir hatten Kaffee getrunken, dann aß sie einen Hering. Ein Hering zum Frühstück? »Ich brauch das jetzt!«, hatte sie gesagt. Kurz darauf war sie im Bad verschwunden, und ich hörte, wie sie sich übergab, wie es sie reckte, wie sie spuckte.

Du kotzt zu früh, habe ich durch die Badezimmertür geschrien, du kannst doch nicht den Leichenschmaus rauskotzen, bevor er stattgefunden hat! He!

Das waren die beiden kleinen, freundlich überspielten Skandale beim Begräbnis gewesen: dass Nelleke gekommen und dass Mirjam nicht gekommen war.

»Kugel?«, »Knedl?« wurde gerufen – es hatte wieder funktioniert.

Nun hatte ich mir die Haut am Nagelbett des rechten Zeigefingers blutig gebissen, ich saugte daran, knabberte, als könnte ich jetzt die Wunde wegbeißen. Natürlich wurde es nur schlimmer. Ich hatte Blut an den Lippen.

»Ja, Kugel«, sagte mein Vater, »das hatten wir täglich. Im Grunde war es ein Eintopf. In der Küche gab es einen großen Kessel, in den alles hineinkam, was es an Essbarem gab, Gemüse, Fleisch, Kräuter und Pflanzen, zum Beispiel auch Brennesseln, Getreide, alles kam da hinein, was gerade da war, und wurde zusammen gekocht. Das wurde breiig, stockte, wurde eine dicke Masse, in der alles vermischt war. Das ließen sie abkühlen, und dann haben die Wärter mit den Händen einfach Kugeln daraus geformt und gepresst, so wie Knödel. Zur Futterzeit bekamen die Affen diese Kugeln, die konnten sie bequem halten, davon abbeißen. Das Futter durfte ja nicht flüssig sein – essen Affen vielleicht mit Löffeln? Eben. Aber es hätte auch keinen Sinn gehabt, alles einzeln zu kochen, sozusagen eine Hauptspeise mit Beilagen, ist doch klar. Also gab es immer diese Kugeln. Aber nicht nur für die Affen, auch die Wärter selbst haben das gegessen, und natürlich auch wir. Max hat solche Kugeln auch mit nach Hause genommen, für seine Familie. Es gab ja damals nichts, im Hungerwinter 44!«

»Und wieso hat es im Zoo noch Gemüse und Getreide gegeben, und sagtest du nicht sogar Fleisch?«, fragte Piet van der Heerde, und seine Frau: »Die Menschen sind in Amsterdam verhungert, aber für die Tiere hatten sie – Lebensmittel?« Mevrouw van der Heerde war gut zwanzig Jahre jünger als ihr Mann, aber sie hatte es geschafft, durch ihre altmodisch ondulierten Haare und ihre konservativen Kostüme so alt auszusehen wie er, nur besser erhalten. Ihre Finger wanderten nervös über die Perlen ihres Kolliers.

»Das habe ich damals als Kind ja nicht wissen können. Ich wusste nicht einmal, dass in der Stadt Menschen verhungerten. Der Affe brachte das Essen.«

Das war jetzt mein Moment. Mein Beitrag zur Biographie meines Vaters. Dass er das als Kind nicht hatte wissen können, war verständlich. Aber mich hatte schockiert, dass er auch später nie herauszufinden versuchte, welchen Umständen er sein Überleben und das seiner Eltern verdankte. Ich bin noch Schüler gewesen, hatte im Unterricht auf sehr drastische Weise die Geschichte des Hungerwinters gehört und dann meinem Vater genau diese Frage gestellt: Wieso konnten die Tiere im Zoo gefüttert werden, während Menschen verhungerten? Die Befreiung meines Vaters lag damals bereits fast ein halbes Jahrhundert zurück, und er hatte genau diese Antwort gegeben: Das habe er als Kind ja nicht wissen können.

Ob er es denn nicht wissen wolle?

»Doch!«

Und warum er nicht versucht habe, es herauszufinden?

Damals hatte Vater noch diese großen, wie schreckhaft aufgerissenen Augen. Er hatte die Augenpartie von Opa geerbt. Er hatte mich lang angesehen und schließlich geantwortet: »Ich musste mein Leben machen!«

Jetzt sagte er: »Aber woher hatte der Affe das Essen? Gute Frage! Nun, das hat Max herausgefunden. Mein Sohn Max!« Er deutete auf mich, sah mich fragend an. Seine Augen waren vom Trinken völlig verschwollen, zu wulstigen Schlitzen zusammengepresst, Vater hatte seine Ähnlichkeit zu Opa mittlerweile verloren.

Ich schüttelte den Kopf. Sollte er doch selbst erzählen. Es war seine Geschichte. Auch was ich recher-
chiert hatte, war seine Geschichte.

»Zoodirektor während des Krieges war ein Schweizer«, sagte Vater also, »er hieß – wie hieß er doch
gleich?«

Alle sahen mich an. Er konnte es nicht lassen! Er
zwang mich, in seinen Käfig zu steigen und neben ihm
zu krächzen. »Semier«, ich hatte immer noch den Finger im Mund. »Dr. Armand Semier!«

»Ja. Semier. Als Schweizer hatte er gegenüber den
Besatzern eine privilegierte Position. Der Mann war
sozusagen kriegswichtig, aus zwei Gründen. Erstens,
weil er als neutraler Schweizer mit den Nazis zusam-
menarbeitete, statt in die Schweiz zurückzugehen,
und zweitens, weil sein Kampf um das Überleben des
Zoos auch im Interesse der Nazis war: es gab ja sonst
nichts mehr, womit Wehrmacht und SS noch ein wenig
bei Laune gehalten werden konnten. Ablenkung. Also:
Kino, die Prostituierten und eben der Zoo. Zoobesu-
cher waren damals hauptsächlich deutsche Soldaten.
Es gibt Fotos davon –«

Er sah mich an. Ich nickte.

»– wie sie vor dem Schimpansenkäfig standen und
über die drolligen Affen lachten – ohne zu wissen, dass
dahinter Juden versteckt waren!«

»Ihr!«

»Ja. Wir. Aber auch andere. Es gab ein Dutzend Ver-
stecke im Zoo. Semiers Kampf um die Rettung der
Tiere rettete etwa zweihundert Juden das Leben –«

Wieder blickte er mich an. Ich nickte. Ja! Vater!

»– während draußen die Menschen –«

Jetzt war Vater beim Genever. Er schenkte ein, gab die Flasche weiter. Er hatte feuchte rote Augen. Wieso sagte er Juden und Menschen, als wären das verschiedene Gattungen? Ich – ich wollte – ich dachte plötzlich, nein, ich sah plötzlich, dass seine Augen vielleicht doch nicht vom Alkohol so verquollen waren, sondern weil seine Tränensäcke so riesig waren und ihm die Augen zudrückten. Seine Tränensäcke waren wirklich – Tränensäcke. Er sollte weinen. So viel weinen konnte kein Mensch, wie mein Vater Tränen gespeichert hatte. Das sah ich plötzlich. Er hatte Selbstmitleid, er konnte weinen, das wusste ich, aber so viel?

Vater schluckte, »– während draußen die Menschen verhungerten. Alles, was die Deutschen nicht für die eigene Verpflegung brauchten, wurde in den Zoo geliefert. Da kam nichts mehr in die Läden. Alles in den Zoo. Das hatte der Schweizer durchgesetzt. Und im Zoo wurden auf jeder freien Fläche, jeder Wiese, jedem Streifen Erde Gemüse und Kartoffeln angebaut, die prächtig gediehen, gedüngt mit dem Mist aus den Käfigen. Und als auch das nicht mehr reichte, traf der Doktor Semier eine Entscheidung: Wenn er nicht alle Tiere retten konnte, musste er welche opfern, um einige zu retten. Also ließ er nach und nach die Huf- und Weidetiere schlachten, um damit die Wildtiere durchzufüttern. Deshalb gab es im Hungerwinter sogar noch Fleisch im Zoo.«

»Das ist ein Problem!«, sagte van der Heerde.

»Was?«, wurde gerufen, »was ist ein Problem?«

»Diese Geschichte von diesem Schweizer beweist,

oder scheint zu beweisen, dass Kollaboration mit den Nazis sinnvoll war, effektiv, und damit –«

»Und wenn du es statt Kollaboration Subversion nennst?«, sagte Vater. Gut geantwortet, dachte ich.

»Kein Problem!«, sagte van der Heerde.

»Das ist auch nicht das Problem!«, dröhnte Paul. Paul da Costa war der Kantor in der Snoga, der Synagoge, und Freund der Familie.

»Sondern?« Das war ich.

»Dieser Zoodirektor hat gehandelt wie der Judenrat«, sagte Paul. »Eine Karikatur des Judenrats. Er war verantwortlich für die Tiere im Zoo und musste, in Kollaboration mit den Nazis, entscheiden: Diese werden auf die Schlachtbank geschickt, um jene vielleicht zu retten. Nicht dass ich ein Problem damit habe, dass Tiere geschlachtet werden, aber in dieser Geschichte wirkt es wie eine Parodie des brutalsten Gewissenskonflikts, dem Menschen je ausgesetzt waren. Und dass dadurch nicht nur Wildtiere, sondern auch einige Juden überleben konnten, womöglich ohne dass der Schweizer es wusste – wusste er das überhaupt? Dass die Wärter in den Käfigen Menschen versteckten? Jedenfalls: Es macht das – wie soll ich sagen? – so besonders grauenhaft, weil es – ja, weil es eben eine tierische Karikatur des Elends der Juden ist!«

»Das ist doch Unsinn«, rief Nelleke. »Wie kannst du das vergleichen?«

»Man kann alles vergleichen!«, sagte Paul. »Wenn es Gemeinsamkeiten gibt!«

»Jedenfalls«, sagte Vater, »das Buch, das – also das Buch –«

»Ich finde, er hat recht«, sagte Mevrouw van der Heerde. »Jetzt vergessen wir einmal die versteckten Juden und betrachten nur die Situation des Direktors –«

»Vergessen? Die versteckten Juden vergessen?«

»Und die Toten?«

»Niemals erinnern? Remke! Bitte!«

»Das habe ich nicht gemeint! Ich wollte nur sagen –«

»Jedenfalls. Das Buch!«, sagte Vater. »Der Affe –« Er trank sein Glas Genever aus. Ich hatte den Eindruck, dass er glühte, hochrot war sein Gesicht. Die Tränensäcke so prall, dass sie explodiert wären, wenn ich sie nur angetippt hätte. Zum ersten Mal war ihm seine Geschichte entglitten und weggenommen worden. Zum ersten Mal war sie dort, wo sie vielleicht hingehörte: im allgemeinen Palaver, dem die richtigen Worte fehlten. Weil völlig egal war, was man redete und – Ich presste die Lippen fest zusammen. Ich hatte plötzlich das Gefühl, dass ein Schwall herausstürzen würde, wenn ich den Mund öffnete. Ich lief, die Hand vor den Mund gepresst, zur Toilette, beugte mich über die Klomuschel, würgte, aber ich konnte nicht kotzen. Es kam nur ein wenig saurer Speichel. Mirjam! Immer noch über die Muschel gebeugt, holte ich das Telefon aus der Sakkotasche und rief zu Hause an. Es tutete und tutete, der ätzende Speichel tropfte und tropfte. Mirjam hob nicht ab. Ich wählte ihre Mobilnummer, hörte die Computerstimme, die mich aufforderte, eine Nachricht zu hinterlassen. »Wie geht es dir?«, sagte ich. »Ist alles in Ordnung? Wo – wo bist du?« Dann kam der Schwall. Das hatte Mirjam jetzt auf Band. »Ruf

40

mich zurück! Wenn du das abhörst, ruf mich – ruf mich bitte gleich zurück!«

Bei Tisch redeten alle durcheinander. Über Widerstand und Kollaboration, Stolz und Schande Hollands, den Hungerwinter, über das jüdische Viertel, das nicht von den Nazis, sondern von den Amsterdamern zerstört worden war, auf der Suche nach Lebensmitteln in den leeren Häusern, auf der Suche nach Brennmaterial, sie hatten die Möbel zerschlagen, die Fußböden und sogar die Fensterstöcke und die Türen herausgerissen, um sie zu verheizen, am Ende auch die Dachbalken. Als der Krieg vorbei war, konnten die Häuserskelette nur noch abgerissen werden, sie waren alle verrottet.

Ich nahm einen Stuhl und setzte mich ans Kopfende des Tisches neben meinen Vater. Er trank Genever, wollte immer wieder etwas sagen, einwerfen, seine Geschichte zurückholen, er öffnete den Mund und schloss ihn gleich wieder, er hatte keine Chance. Er sah aus wie ein Fisch im Aquarium, Mund auf und Mund zu. Ich legte meinen Arm um seine Schulter. Seine erstaunten kleinen roten Augen.

»Was war mit diesem Vogel?«

Er sah mich an.

»Dieser Lorie. Was war –«

»Er schrie. Schrie immer wieder!«

»Und?«

»Ein unglaublich schriller, spitzer Schrei. Dann geht er in ein Wimmern über.«

»Das meine ich nicht. Ich wollte wissen –«

»Nach der Befreiung ist Vater gleich zu den Vögeln gegangen. Er hatte mich an der Hand genommen, da

41

standen wir. Purpurhaubenlorie! Das war er. Der immer so hysterisch geschrien hatte. Bunte Flügel, innen gelb, ein purpurroter Kopf, wie eine Haube, darum –«

»Ja, gut. Aber: Du hast die Geschichte schon so oft erzählt, aber nie, noch nie von diesem Papagei. Warum heute? Warum ist dir das heute eingefallen?«

Vater stützte sein Gesicht in die Hände. Er weinte. Fast. Er zuckte mit den Schultern. Weil er das Schluchzen zu unterdrücken versuchte.

»Warum?«

»Also, was war mit dem Buch? Das Buch!«, rief Nelleke.

Ich spürte, wie mein Mobiltelefon vibrierte, holte es heraus. Eine sms. Von Mirjam. »Komm nach Hause. BITTE!« Gleich darauf vibrierte es noch einmal. »Genug getrauert! Komm!«

»Das Buch«, sagte Vater. »Ja. Also. Die Vorgeschichte war, dass mein Vater – so hat er es mir später erzählt –, dass er zu Max, also zu dem Wärter gesagt hatte: Ich überlebe das nicht. Ich kann nicht mehr. Bring mir ein Buch mit. Irgendeines. Was du hast. Oder hole eins aus unserer Wohnung. Ein Buch. Ich bin doch ein Mensch. Ich will –«

Ich zog mir den Mantel an.

»Ich will etwas, was kein Affe kann. Lesen. Ein Buch. Bitte, Max!«

Ich schaute meinen Vater an. Er sah kurz fragend auf. Ich deutete, dass ich –

»Also hat Max –«

Ich ging. Lief die Govert Flinckstraat hinunter, Richtung Ruysdaelkade. Vor dem neuen Appartementhaus auf Nr. 80, in dem Opa gewohnt hatte, blieb ich kurz stehen. Da war Licht hinter seinen Fenstern. Ich schaute hinauf. Nein, das waren die Fenster der Nachbarwohnung. Und da sah ich, ich konnte es zunächst nicht glauben, aber es gab keinen Zweifel: Es war das Haus, in dem Opa gewohnt hatte, es war die Etage, in der er gewohnt hatte, es war seine unmittelbare Nachbarwohnung! – da sah ich hinter dem Fenster, von der Straße aus deutlich sichtbar, eine Voliere, einen großen Vogelkäfig, darin zwei Papageien. Mit purpurroten Hauben. Und dann hörte ich den Schrei. Nicht laut, durch das Fenster, herunter auf die Straße, aber ich konnte ihn hören. Vom Käfig an der Wand neben – Opas Schlafzimmer.

Ich lief zurück ins »Amsterdommertje«. Vater redete. Er hatte wieder alles unter Kontrolle. Er war jetzt bei den Brandbomben, die die Engländer über der Plantage Doklaan abwarfen, ganz nahe am Affenhaus. Da ist ein Rangierbahnhof gewesen – ich hätte mit meinem Vater im Chor miterzählen können. Ich hätte schreien können. Vielleicht habe ich geschrien. Ich weiß nicht mehr, wie ich es machte, jedenfalls stand ich dann mit Vater alleine auf der Straße vor dem Lokal. Meine Hände auf seinen Schultern.

»Du hast Opa gefunden. Wo war –«

»In seinem Appartement. Das weißt du doch. Er hat zwei Tage nicht abgehoben, wenn ich anrief. Also bin ich hin und –«

»Ja, aber wo in seinem Appartement? Und wie? Ich meine, irgendwo auf dem Fußboden, oder im Bett –«

Vater weinte. Endlich. Es dauerte lange, ich weiß

nicht, wie lange, ewig, aber was ist nach einem Leben schon eine Ewigkeit? Es dauerte lange, bis er sagen konnte, bis ich verstand: Im Bett. Im Pelzmantel. Die Handflächen an die Ohren gedrückt.

Ein paar Tage später saß ich mit Mirjam im Sarphatipark.

»Ich rauche nicht mehr«, sagte sie.

»Ich werde auch aufhören!«

»Das schaffst du nie!«

»Hast du gewusst, dass auch Schimpansen rauchen? Das hat mein Vater erzählt. Die Schimpansen im Zoo haben geraucht. Und Bier getrunken. Das war der Spaß der Wärter. Sie haben die Affen in die Küche geholt und ihnen Bier und Zigaretten gegeben und –«

»Ja. Das hast du mir schon erzählt.«

Mirjam küsste mich. Und die Vögel im Park imitierten die Klingeltöne der Handys.

Die blauen Bände

Der Mann, Typus Hofrat Mitte der fünfzig, stand vor dem Regal und sagte: »Wow!«

Er betrachtete die lange Reihe der blauen Buchrücken, strich mit dem Zeigefinger daran entlang, sagte: »Die habe ich schon lange nicht mehr gesehen. Sie haben sie vollständig!«

»Fast!«

Er nahm einen Band heraus, aber er schlug ihn nicht auf, wog ihn in der Hand, geradezu zärtlich, dann schob er ihn zurück, glitt mit dem Finger in plötzlicher Entschlossenheit weiter bis zu Band 40, dem sogenannten Ergänzungsband 1.

Er schlug das Buch auf, blätterte. Suchte er eine Stelle?

Ich schaute ihm über die Schulter, sagte: »Gesetzt, wir hätten als Menschen produziert ...«

»Ja«, sagte er. »Ist hier unterstrichen.«

»Ja.«

»Was kostet der Band?«

»Nichts!«

»Was heißt nichts?«

»Nichts. Ist unverkäuflich!«

»Dieser Band?«

»Jeder Band. Die ganze Ausgabe.«

»Ich dachte, Sie sind eine Buchhandlung.«

»Ich handle mit Büchern. Aber ich verkaufe nicht alle.«

Er schlug das Buch zu, öffnete es wieder und betrachtete das Titelblatt. Es gibt Menschen, die schreiben da vorne in die Bücher ihren Namen hinein, manche sogar das Datum, wann sie das Buch gekauft oder gelesen haben. Auch hier hatte offenbar einmal ein Name gestanden, aber er war so heftig ausradiert worden, dass das Papier fast durchgerieben wurde.

»Die Ausgabe hat starke Gebrauchsspuren, Risse, Schmutzflecken, Anzeichnungen. Aber das ist nicht der Grund, warum ich sie nicht verkaufe.«

Pause.

»Ist es nicht seltsam«, sagte er dann, »wie alles wiederkommt?«

»Ja«, sagte ich, und nach einer Weile: »Es kommt jetzt eine neue Auflage im Dietz-Verlag!«

Er hatte vorher das ATTAC-Buch, die »Vorschläge für eine gerechtere Welt«, vom Tisch der Neuerscheinungen genommen und an die Kasse gelegt. Jetzt bezahlte er es. Ich sah, dass er ein Alkoholproblem hatte. Das teigige Gesicht, die kleinen geplatzten Äderchen. Ich spürte, dass er das wusste. Es wirkte zu angestrengt, wie er um Korrektheit und Gepflegtheit bemüht war. Ich wünschte ihm, dass er den Alkohol unter Kontrolle bekam.

Er zog eine Karte aus seiner Brieftasche:

»Falls Sie es sich doch anders überlegen sollten!«

»Kommen Sie wieder!«

Er ging. Ich warf einen Blick auf seine Karte, »Dr. Daniel Urbanek«, sah auf die Uhr – da kam ein neuer Kunde herein.

»Geschlossen!«, rief ich. »Tut mir leid, ich habe geschlossen!«

»Jetzt?«

»Ja. Jetzt! Ich muss weg! Kommen Sie später wieder! Geschlossen!«

Er hob die Hände, als hätte ich ihn mit einer Waffe bedroht, machte einen Schritt rückwärts, drehte sich um und ging.

»Dr. Daniel Urbanek. Leiter der Sektion II. Arbeitsmarkt. Bundesministerium für Wirtschaft und Arbeit.«

Ich legte die Karte auf den Schreibtisch und nahm das »Komme um«-Schild. Das hatte mich schon als Kind auf klamme Weise belustigt, es war mein erster Kontakt mit der Morbidität Wiens, das Schild, das bei so vielen kleinen Läden an der Tür hing: die Ankündigung »Komme um«, und darunter eine Uhr, mit deren drehbaren Zeigern man die Stunde angeben konnte.

Wenn meine Mutter mich als Kind zu Herrn Gamsriegler schickte, dem Lebensmittelhändler auf der anderen Straßenseite, weil ihr das Salz oder die Milch ausgegangen war, dann konnte es vorkommen, dass ich mit leeren Händen zurückkam und verkündete: »Herr Gamsriegler kommt um!«

»Wann?«

»Um vier!«

Als ich meinen eigenen Laden eröffnete, war klar, dass ich, für die Fälle kurzer Abwesenheit, unbedingt auch so ein Schild haben musste. Ich bekam es zusammen mit dem Gewerbeschein im »Startpaket für neue

Selbständige« von der Wirtschaftskammer. Das war Österreich.

Ich drehte an den Zeigern. Unschlüssig. Wie lange würde ich brauchen? Eine Stunde? Zwei Stunden? Drei? Ich merkte, wie ich wieder wütend wurde. Den ganzen Tag? Zehn Jahre? Lebenslänglich?

Ich war vor Gericht geladen. Zum ersten Mal in meinem Leben. Als Zeuge.

Seit ich die Vorladung erhalten hatte, hat mich diese Angelegenheit immer wieder aufs Neue irritiert und blockiert: Statt mich etwa mit meiner Buchhaltung zu beschäftigen, was dringend notwendig war, saß ich da und grübelte genervt, wie ich mich diesem Gerichtstermin entziehen könnte. Sollte ich mich krankmelden? Oder einfach nicht hingehen? Würde ich dann von der Polizei vorgeführt werden? Vielleicht konnte ich meine Aussage per E-Mail machen? Was für eine Aussage? Außerdem stand auf der Vorladung keine Mail-Adresse des Richters. Sollte ich einen Brief an das Gericht schreiben und um Entlastung bitten, da doch der Täter unzweifelhaft feststünde? Oder konnte ich mir als Zeuge einen Anwalt nehmen, der mich vertrat? Würde das Gericht diese Kosten übernehmen? Gab es so etwas: einen Pflichtverteidiger für einen Zeugen? In der Vorladung stand, dass mir die Kosten eines allfälligen Verdienstentgangs ersetzt würden. Verdienstentgang! Wie sollte ich den bemessen? Ich war Buchhändler. Selbstständig, keine Angestellten.

Ich hatte keine Ahnung von meinen Rechten und dachte keine Sekunde an meine Pflichten.

Meine kleine Buchhandlung hieß »Das Fenster«

(nach dem Satz von Jorge Luis Borges: »Eine Bibliothek braucht kein Fenster. Eine Bibliothek ist ein Fenster.«) und befand sich im 4. Bezirk. Hier gab es kaum Laufkundschaft. Wer zu mir kam, kam nicht zufällig vorbei, sondern wollte zu mir und meinen Büchern. Wollte eine Buchhandlung ohne den Schrott esoterischer Ratgeber und künstlich gepushter Bestseller. Wer zu mir kam, wollte – keinen Zeugen?

Es war zwanzig vor elf. Für elf Uhr war ich bestellt. Ich stellte das »Komme um«-Schild auf vierzehn Uhr und hängte es an die Tür. Das sah nach Mittagspause aus.

Ich fuhr zum Gericht. Ich musste in einem Korridor vor dem Verhandlungszimmer warten, bis ich aufgerufen wurde. Ich fragte, wie lange das dauern werde. »Sie werden aufgerufen«, sagte die Frau noch einmal. Ich muss mit gesenktem Kopf vor ihr gestanden haben, weil ich mich schon wenige Minuten später nur noch daran erinnern konnte, dass sie Birkenstock-Sandalen trug. Pralle, vorne zipfelförmig spitze Füße, wie abgepasste Würste in der Haut einer braunen Strumpfhose, hineingeschoben in Birkenstock-Sandalen. Wie mich das alles wahnsinnig machte! Ich wollte rauchen. An der Wand, zwischen den Türen zu den Verhandlungszimmern, waren Aschenbecher montiert, kleine aufklappbare Kästchen aus dickem Metall, wie sie früher auch in der Eisenbahn zu finden waren – aber über diesen hier waren Schilder angebracht, auf denen stand: »Rauchen verboten«. Ich fragte mich, wer solche Entscheidungen traf: nicht die Aschenbecher abzumontieren, sondern über die

Aschenbecher Rauchverbot-Schilder aus Blech an die Wand zu schrauben. Mit Bohrmaschine und Dübeln! Marx hatte geschrieben, dass die Justiz ein System der Selbstaufhebungen sei: was sie als allgemeine Voraussetzung verspreche, werde in der näheren Bestimmung außer Kraft gesetzt.

Ich stand da und wartete. Auf einer Holzbank, die, verwitternd in einem Garten, recht hübsch gewesen wäre, saß ein händeringender Mann, auf den eine Frau beruhigend einredete. Ich kannte das nur als Floskel, als Bild, »händeringend«, aber zum ersten Mal sah ich einen Menschen, der dies wirklich tat. Dann fiel mir ein: »Häufchen Elend«. Das war der Mann buchstäblich. Das war zu viel Buchstäblichkeit. Ich wandte mich ab. Nach und nach verschwand meine Wut, meine Irritation wich einer Beklommenheit, die diesem trüben Ort geschuldet war, wo Schicksale entschieden wurden. Schuld.

Plötzlich wunderte ich mich darüber, dass es so lange gedauert hatte, bis ich dieses Gebäude zum ersten Mal betreten musste. Und dann auch nur als Zeuge. Ein Häftling in Handschellen wurde von zwei Polizisten vorbeigeführt … Ich wich aus. Wie knapp. Wie wenig gefehlt hatte, dass ich selbst einmal als Angeklagter, als Täter … Ich schüttelte den Kopf. Buchstäblich.

Ich ging auf und ab. Im Grunde macht man sein ganzes Leben nichts anderes. Auf und ab gehen. Man glaubt, man geht immer weiter. Man wird älter und glaubt, so weit ist man also gekommen. Aber man ist nur auf und ab gegangen. Wie in einer Zelle.

Ich verabscheute Gewalt. Aber ich ertappte mich

immer wieder dabei, mir vorzustellen, meine Wut mit mörderischer Gewalt abzureagieren. Welche Wut? Es hatte eine Zeit gegeben, eine entscheidende Zeit in meinem Leben, da hätte man mich aufrufen können, wie den Nächsten in einem Wartesaal, und ich wäre aufgestanden und hätte, vielleicht –

Da wurde ich aufgerufen.

Ich stand vor Gericht.

Nach Feststellung der Formalitäten (Name, Adresse, Beruf) wurde ich zum Tathergang befragt. Der Fall war einfach, für das Opfer natürlich traumatisch, aber bei aller Dramatik eben doch einfach. Ich war auf der Mariahilferstraße unterwegs gewesen, um eine Besorgung zu machen. Da ging ein Mann rasch an mir vorbei, rempelte unmittelbar vor mir eine alte Frau an, riss ihr die Handtasche vom Arm und lief davon. Die Frau stürzte. Ich beugte mich über sie, um ihr aufzuhelfen. Ein anderer Passant nahm die Verfolgung des Räubers auf. Andere blieben stehen und schauten. Die Frau ließ sich nicht aufhelfen. Sie saß da und murmelte mit schiefem Mund, es war, als würde Strom durch ihren Kopf gejagt, unausgesetzt zuckte er hin und her. Ich dachte, dass sie aus Schock einen Schlaganfall hatte. Speichel im Damenbart. Das sagte ich nicht. Ich sagte nur: Ich versuchte ihr aufzuhelfen und rief den Umstehenden zu, man möge die Rettung rufen. Ich erfuhr dann, dass der Passant, der dem Räuber nachgelaufen war, diesen zunächst im Getümmel der Mariahilferstraße aus den Augen verloren, ihn dann aber doch wieder entdeckt hatte, ihn zu Boden riss, festhielt und nach der Polizei rief. Die Polizei war sehr schnell da.

Das Problem war, dass der Mann, der festgenommen wurde, die Handtasche nicht hatte. Vielleicht hatte er sie einem Komplizen weitergegeben, der in eine andere Richtung davongelaufen war.

Der Tatverdächtige leugnete beharrlich, mit der Angelegenheit etwas zu tun zu haben, er sei vielmehr selbst Opfer gewesen: Friedlich schlendernd sei er plötzlich zu Boden gerissen worden.

Der Richter fragte mich, ob ich mit Sicherheit sagen könne, dass es sich »bei diesem Mann«, er zeigte auf den Angeklagten, »um den Betreffenden« handle.

Der »Betreffende«? Ich sah den Mann an. Er stand da, als ginge ihn das alles nichts an. Seitlich war ein langer Tisch, hinter dem die alte Frau saß. Neben ihr eine jüngere. Ihre Tochter, wie ich dann erfuhr. Die alte Frau war sehr zart. Die jüngere dick. Um nicht zu sagen fett. Sie schauten mich an, aber auf ganz unterschiedliche Weise. Die Alte hatte etwas Ergebenes, ich hatte Mitleid mit ihr, aber die Jüngere – sie strahlte eine echauffierte Selbstgerechtigkeit aus, die nicht nur mit dieser Gerichtssituation zu tun hatte, damit, dass sie hier »im Recht« war. Sie war immer im Recht. Sie war der Typus »Alle tun mir unrecht, aber ich bin im Recht«. Vielleicht tat ich ihr unrecht.

Ich betrachtete den Mann genauer. Er hatte einen Anzug an. Es war deutlich, dass er nie oder selten Anzüge trug. Der Anzug war neu. Der Mann wirkte verkleidet. Seine Krawatte, ein riesiger blauer Kropf. So übertrieben, das Symbol der Angepasstheit.

Ob ich die Frage verstanden hätte, fragte der Richter.

Ja, Euer Ehren, sagte ich und grinste. Aus Verlegenheit. Ich wusste nicht, ob man zu einem österreichischen Richter »Euer Ehren« sagte oder ob dies nur in amerikanischen Justiz-Thrillern üblich ist.

Das Problem war, dass ich wirklich nicht mit Sicherheit wusste, ob dieser Mann der alten Frau die Handtasche geraubt hatte. Der Mann auf der Mariahilferstraße ist ein fremder Mann gewesen, und das hier war ein fremder Mann. Es ist so schnell gegangen. Jetzt ging alles so langsam. Das war verdächtig. Es sollte schnell gehen. Ja oder nein. Ich sah den Mann an. Jede Sekunde, die ich länger zögerte, beförderte seine Rettung. Der Versuch, mir sicher zu werden, erschien als verdächtige Unsicherheit. Ich spürte das plötzlich. Das machte mich nervös. Als hinge nun von meiner Antwort ab, ob ich selbst freigesprochen oder verurteilt würde. Ich sah den Mann an, wollte etwas sagen, zögerte, schluckte, schwieg. Das Zögern sprach für diesen Mann, nicht für mich.

Ich versuchte, mich an die Situation zu erinnern. Aber ich las nur Sätze in meinem Kopf: »Der Mann rempelte die Frau an, riss ihr die Handtasche weg …« und sah nur, was man sieht, wenn man solche Sätze liest.

Ich versuchte mich an irgendeine Besonderheit zu erinnern, an der Frisur des Mannes, der Statur, dem Gesicht, das ich doch gesehen hatte, als er, weglaufend, noch einmal kurz zurückblickte, irgendetwas, das ich nun wiedererkennen konnte.

Nein. Ich sah den Mann an. Nun sah auch er mich an. Ich glaubte zu sehen, dass er unmerklich lächelte.

Ich hatte den Eindruck, er begriff, dass ich dabei war ihn zu retten. Ich sah zu den beiden Frauen hin.

Und sagte: »Ich glaube: ja! Das ist der Mann.«

»Sie glauben?«

»Ja!«

Der Mann wurde im Zweifel freigesprochen. Ich war mir, als alles vorbei war, sicher, dass er es war. Aber am Ende ging er wegen meiner Unsicherheit frei.

Ich musste etwas unterschreiben und bekam ein Formular ausgehändigt, mit dem ich um Rückerstattung des Verdienstentgangs ansuchen konnte. Erschöpft setzte ich mich auf die Bank vor dem Verhandlungszimmer. Eigentümlicherweise war mein erster Gedanke, alle Autobiographien in meiner Buchhandlung zu entfernen. Ich musste meinen Laden säubern. Alles Lügen! Ich konnte mich nicht einmal an einen dramatischen Vorfall erinnern, der nur kurze Zeit zurücklag, wie sollte es da möglich sein, sich an sein ganzes Leben zu erinnern? Lügen! Vielleicht ist das die Definition von Autobiographie: Dialektische Lebenslüge. Die Lüge, die zur Gewissheit wird. Die Genauigkeit, die am Ende als Unwahrheit erscheint.

Ich stand auf, zündete mir eine Zigarette an und stellte mich vor den Aschenbecher. Da kam es zu Aufregung und Geschrei. Die beiden Frauen standen plötzlich vor mir, die jüngere schrie mich an: Ich sei schuld, dass der Verbrecher, der ihre Mutter fast ins Grab gebracht habe, freigekommen sei. Der Verbrecher laufe nun wieder frei herum – sie sagte immer wieder Verbrecher, und die Alte sagte: »Komm, Liesi, komm!«

54

Es gehöre untersucht, ob ich mit dem Verbrecher nicht unter einer Decke stecke, und die Alte: »Komm, Liesi, komm!«

Ich sagte zu der Frau, dass ich es gewesen sei, der sich um ihre Mutter gekümmert, ihr geholfen habe und – »Der Verbrecher!« … und dass ich das Urteil bedaure und – »Der Verbrecher kommt jetzt davon, und wir schauen durch die Finger, kein Ersatz für die Tasche, das Bargeld, kein Schmerzensgeld, nichts!«

Die Alte zupfte ihre Tochter am Ärmel. Da kam ein Gerichtsdiener.

Heißt das so? Ist ein Mann, gekleidet in einen Zwitter aus Anzug und Uniform, der sich in einem Gericht machtlos wichtig macht, ein Gerichtsdiener?

»Hier ist Rauchen verboten!«

Ich sah ihn an. Das war der Moment, wo ich, ich muss es gestehen, nicht mehr bei Sinnen war. Was war das für ein Mensch? Was ist ein Gerichtsdiener? War das überhaupt ein Berufswunsch? Gibt es Kinder, die auf die Frage, was sie werden wollen, wenn sie groß sind, »Gerichtsdiener!« antworten? So etwas Verächtliches! Nicht einmal eine gescheiterte Existenz. Eine gescheiterte Existenz hätte mein Mitleid erweckt, ein Mensch, der etwas werden wollte, aber an den Umständen gescheitert ist. Aber dieser Mensch hatte nichts werden wollen. Er wollte etwas sein. Was er war. Diener. Unterwürfig gegenüber Vorschriften, mit denen er sich herrisch aufplusterte.

»Hören Sie nicht? Hier ist Rauchen verboten!«

»Aber hier ist ein Aschenbecher!«

»Aber hier steht: Rauchen verboten!«

»Aber hier steht nicht, ob das Schild den Aschenbecher oder ob der Aschenbecher das Schild aufhebt!«

»Hier steht: Rauchen verboten!«

»Sie sind kein Hegelianer!«

»Ich lasse mich von Ihnen nicht beleidigen!« Er fasste mich an der Hand, in der ich die Zigarette hielt. Ich hatte den Wunsch, ihm eine zu knallen. Zugleich musste ich lachen.

»Komm, Liesi, komm!«

Da bogen zwei Polizisten in den Korridor ein. In meinem Kopf, wie ein fernes Echo, die Sätze: »Wir sagen: Polizisten sind keine Menschen. Wir sagen: Polizisten sind Schweine. So werden wir sie behandeln!«

Ich ließ die Zigarette in den Aschenbecher fallen, sagte: »Ist gut! Ist ja gut!«

Die beiden Polizisten gingen an uns vorüber.

Ich hatte das Gefühl, dass ich fieberte.

Als ich in mein Geschäft zurückkam, nahm ich das »Komme um«-Schild ab und hängte das »Geschlossen«-Schild an die Tür. Da fiel mir das Formular für den »Verdienstentgang« ein. Ich hatte es im Gericht auf der Bank liegengelassen.

Ich nahm eine Flasche Wein aus dem Kühlschrank. Stammgäste bekamen bei mir, wenn sie in den Büchern schmökerten, ein Glas Wein oder einen Kaffee. Ich hatte ein Alkoholproblem. Ich hatte es unter Kontrolle.

Ich trank im Lauf des restlichen Nachmittags eine Flasche. Dann, in die Dämmerung hinein, eine zweite. Ich saß da in meiner Buchhandlung, an meinem Schreibtisch, rauchte, trank und starrte die blauen Bände an.

Komm, Liesi, komm!

Ich war ein feiges Kind. Ein kleiner, kurzsichtiger, unsportlicher Schüler, der nie »mitmachen« durfte. Ich weiß nicht, ob ich überhaupt mitmachen wollte. Aber ich nehme es an. Allerdings schiebt sich die Verachtung, die ich heute für alle empfinde, die mitmachen, vor die Erinnerung. Während die anderen eine Fußball-Mannschaft aufstellten, in die ich von keinem Kapitän freiwillig gewählt wurde, versuchte ich, eine Karl-May-Aufstellung zu machen. Ich hatte, noch vor meinem zehnten Lebensjahr, 35 Bände Karl May gelesen und galt als anerkannter Spezialist, allerdings auf einem Gebiet, das von den meisten belächelt wurde. Eine Karl-May-Aufstellung war im Grunde so etwas wie – heute würde ich sagen: – eine »Familien-Aufstellung«, nur eben mit Karl-May-Figuren. Dieses Spiel hatte ich erfunden. Aber wenn ich Mitspieler fand, dann waren sie größer und stärker als ich, weil alle größer und stärker als ich waren, und sie beanspruchten die Rollen von Old Shatterhand, Winnetou, Old Firehand oder Old Surehand für sich. Ich sollte Nscho-tschi sein, die Schwester Winnetous. Wir waren eine reine Bubenschule. Ich durfte nicht Sam Hawkens sein, der lustige Freund von Old Shatterhand und Winnetou. Mein Spiel war kein Erfolg. Der Versuch, eine Bande guter Helden zu gründen, scheiterte. Ich sah mich bald völlig isoliert. Was blieb, war Gewalt. Die Lust, auf jemanden einzutreten, der auf dem Boden lag.

Ich war der, der auf dem Boden lag.

Blöde Erinnerungen. Wie war es wirklich?

Es war wirklich. So. Auch wenn ich es nicht mehr

genau sah. Nur das, was man sieht, wenn man solche Sätze denkt. Ich habe Gewalt kennengelernt. Ich wurde in der Hauptschule oft verprügelt. Ich war kein »Raufer«. Ich wurde einfach geschlagen. Warum habe ich nie zurückgeschlagen? Mit dieser Erfahrung begründete ich den Satz: »Ich hasse Gewalt.« Ich war der, der nickte, wenn Pazifisten redeten. Man könnte auch sagen, ich war feig.

Zum Glück. Ich war ein Leser. Ich begann eine Buchhändlerlehre. Ich las andere dicke Bücher. In der Buchhandlung Bacher im ersten Bezirk war ich, abgesehen vom alten Herrn Opocensky, einem müden und traurigen Sozialisten, der einzige Mitarbeiter, der las. Herr Opocensky gab mir immer wieder Bücher aus seiner privaten Bibliothek, Ignazio Silone oder Panait Istrati, gewaltige Literatur, Weltliteratur, für die es heute keine Welt mehr gibt. Weil die Mitfühlenden ausgestorben sind wie so viele andere Arten.

Das Elend, die Armut, die Erniedrigung der Menschen. Ich musste weinen, als ich diese Bücher las. Ich war jung, wollte Spaß im Leben, und las Bücher, bei denen ich weinen musste.

Das stimmt nicht. Ich hatte auch Spaß. Na ja, Spaß.

Ich habe den Verdacht, dass Mitgefühl einer unappetitlichen Voraussetzung bedarf: des Selbstmitleids.

Ich trank. Da klopfte jemand an die Tür. Ich sah durch das Glas den Kunden, den ich am Vormittag weggeschickt hatte, als ich zum Gericht musste. Ich tat so, als merkte ich nichts. Er hatte mich gesehen. Er musste auch gesehen haben, dass ich ihn gesehen hatte. Er klopfte und gestikulierte aufgeregt. Also sperrte ich auf und sagte: »Geschlossen!«

»Wann haben Sie denn geöffnet?«, fragte er. »Ich habe durch die Auslage die blauen Bände gesehen, da hinten …«, er wollte an mir vorbei, »und …«

Ich verstellte ihm den Weg. »Unverkäuflich!«, sagte ich, und: »Geschlossen!«

Das ist natürlich nicht wahr. Es passt nur in diese Geschichte. Allerdings, wer weiß? Es ist so wahr wie jede Erinnerung. Ich war nun völlig – Wo war ich stehengeblieben? Ich trank.

Liesi. Zufällig hieß so meine erste Freundin. Ich lernte sie im »Atrium« kennen, einer Disco, in die ich damals ab und zu ging, weil ich dachte, man müsse Orte aufsuchen, von denen es hieß, dass man dort Mädchen kennenlernt. Ich wusste damals noch nicht, dass man Mädchen auch an Orten kennenlernt, die einen interessieren.

Ich fragte sie, ob sie tanzen wolle.

Sie sagte, dass ich aussehe wie Schubert.

»Warum?«

»Die Locken, der zusammengesparte Bart …«

Hatte Schubert einen Bart? Ich sagte: »Da hättest du auch sagen können: wie Che Guevara!«

»Na ja«, sagte sie. »Che Guevara. Miniaturausgabe!«

Sie war auch Buchhändlerin. In der Lehre. Ich war beeindruckt von der listigen Vernunft des Schicksals.

Wir zogen zusammen. Mit unseren Lehrlingsentschädigungen konnten wir uns unmöglich eine eigene Wohnung leisten. Wir fanden ein Zimmer in einer

Wohngemeinschaft. Im Zimmer waren wir Liebende. Wenn wir das Zimmer verließen, waren wir Sympathisanten.

Es war eine WG linker Studenten. Das war im Jahr 1976. Ewig diese Diskussionen in der verrauchten Küche. Organisation, ja oder nein? KP oder Trotzkisten? Bewaffneter Kampf, ja oder nein? Liesi und ich waren die einzigen in dieser WG und dem dazugehörigen WG-Netzwerk, die nicht studierten. Wir hatten dadurch eine enorme Bedeutung. Wir waren das Proletariat. Wir waren die Massenbasis und zugleich die Heiligen. Wir waren irgendwie Kult in dieser Szene. Mir stieg das zu Kopf. Ich wurde in meiner Phantasie zum Studentenführer.

Selbst in der reaktionären Buchhandlung im ersten Bezirk, in der ich arbeitete, lag auf dem Tisch der Neuerscheinungen stapelweise revolutionäre Literatur. Aus den feinsten Verlagen. Das war die Zeit. Und nach der Arbeit heim in die WG. Und da ging es erst recht nur um Revolution und bewaffneten Kampf. Das war meine Welt. Ich hatte keine andere. Sie war eine Chimäre, sie erregte mich.

»Sympathisanten« wurden jene genannt, die offen oder insgeheim mit den Anschlägen und Morden der »Roten Armee Fraktion« sympathisierten. Das war das Problem. Ich weiß nicht, ob es damit zu tun hatte, dass ich, als ich geschlagen wurde, nie zurückgeschlagen habe. Dass ich gedacht habe: Nicht-Wehren deeskaliert. Mit anderen Worten: dass ich ein Feigling war. Aber jetzt plötzlich war Sich-Wehren zum Fetisch geworden. Und »Sich-Wehren« hieß alles, auch Mord.

Und ich dachte: Nichts. Aber in diesem Nichts ein ganz kleines, feiges Ja.

Liesi verstand nicht, warum mich die Anschläge, Attentate und Morde der RAF so schadenfroh machten. Sie sagte »schadenfroh«. Ich sagte: Ist doch kein Schaden! Wir sangen in der Küche höhnische Lieder über den ermordeten Bankier Jürgen Ponto und den entführten und dann ermordeten Arbeitgeber-Präsidenten Hanns Martin Schleyer, das Nazi-Schwein. Ich war bei einer Demonstration, die gegen die »Isolationshaft« der RAF-Genossen protestierte.

Liesi wollte ausziehen. Sie wollte Idylle. Ich wollte den Kampf.

Ich trank und schaute zu den blauen Bänden. Das Tragische an dieser Zeit war, dass sie zugleich so lächerlich war.

Komm, Liesi, komm!

Sie wollte nicht mitkommen. Es war der 9. November 1977. Wieso kann ich mich an das Datum erinnern? Weil der 9. November ein historisches Datum ist.

Ja, wir waren müde. Ja, wir mussten am nächsten Tag arbeiten. Ja, wir hatten ohnehin kein Geld. Aber ich wollte noch ausgehen. Nur ein Bier! Komm!

Ich ging alleine. So wurde Liesi nicht meine Zeugin.

Ich ging ins Café Savoy. Normalerweise ging ich ein Stückchen weiter, zum Café Dobner. Warum bin ich nicht wie immer ins Dobner gegangen? Ich wollte nur ein Bier und bald wieder nach Hause. Das Savoy war das nächste Lokal. Als ich eintrat, stieß ich mit einem jungen Mann zusammen, der das Café gerade verlassen wollte. Das war Rainhard Pitsch.

Er grüßte mich. Ich grüßte ihn. Er sah mich an.

»Bist du alleine?«

»Ja.«

»Ich trinke noch ein Bier mit dir.«

Ich schaute, ob er seine Tasche dabeihatte. Nein.

Rainhard Pitsch war damals in der linken Szene von Wien berühmt. Berüchtigt. Von vielen belächelt. Er war Trotzkist. Man sagte, dass er imstande war, eine trotzkistische Gruppe, einen trotzkistischen Zirkel so oft zu spalten, bis nur noch ein Genosse übrig blieb, und den machte er am Ende noch schizophren. Es gab keine Stadt auf der Welt, in der es so viele, wenn auch winzige, trotzkistische Gruppen und Organisationen gab. Das war das Werk von Rainhard Pitsch. Aber das erzählte man. Was ich erlebt hatte, auch in der WG-Küche, war, dass er in Diskussionen immer wieder seine bauchige, schwarze Kunstledertasche öffnete, in der er ein Dutzend Trotzki-Bücher hatte, ein Buch herauszog, es aufschlug und daraus zitierte. Er fand immer in Sekundenbruchteilen das passende Zitat. Ich bewunderte, wie er mit Büchern jonglierte.

Manche hielten ihn für einen Irren. Aber ich war jung, unsicher, ich wusste nicht, welcher Irre einmal als Heiliger gelten würde.

Ich war aufmüpfig und rebellisch bei den Normalos, aber fasziniert von den Irren.

»Ja, gern!«, sagte ich.

Würde ich eine Autobiographie schreiben, dann würde ich jetzt einfügen, wie das Wetter war. Dramatisch.

Aber ich weiß es nicht mehr. Ich weiß nur noch, dass wir dann beim Bier saßen und wenig Gesprächsstoff hatten. Der Parteiengründer und die Massenbasis. Keine Verbindung.

Er nahm einen großen Schluck von seinem Bier, säuberte mit Daumen und Zeigefinger seinen Schnurrbart und klappte seinen Mund auf, der mich an den gezahnten Schlitz eines Briefkastens erinnerte. »Und? Was machst du gerade?«

Was soll man auf eine solche Frage antworten? Ich sitze da und trinke mit dir ein Bier? Oder: Ich arbeite in einer Buchhandlung? Oder: Ich habe einen Konflikt mit meiner Freundin? Ich sagte: »Ich lese gerade die ›Dämonen‹ von Dostojewski.«

»Ach ja«, sagte er. »Wie weit bist du? Hast du schon Stawrogins Beichte gelesen?«

»Ja!«

»Und?«

»Was und?« Ich stammelte etwas von großer Literatur, beeindruckend …

»Und? Was ist die Lehre daraus?«

»Die Lehre?«

»Wir reden über Stawrogins Beichte, oder?«

»Ja!«

»Und? Ist doch eindeutig. Die Aufforderung zur Tat!«

Er machte eine große ausholende Handbewegung.

»Das ist die Botschaft. Hat hier keiner gelesen. Das ist das Problem. Aber es ist völlig klar, unwiderlegbar: Es gibt keine Moral. Außer die revolutionäre Moral. Ganz klar: die Aufforderung zur Tat!«

»Aber Stawrogin wird in seiner Haltlosigkeit doch ganz apathisch. Ich sehe da keine Aufforderung zur Tat.«

»Falsch! Ganz falsch!«, sagte er. »Stawrogin erklärt in seiner Beichte, dass er sich von allen weltlichen und religiösen Autoritäten befreit hat. Und was ist also die logische Konsequenz?«

»Was?«

Er lächelte. Und dann sagte er den Satz, der mich fünfundzwanzig Jahre meines Lebens beschäftigen sollte:

»Lies morgen die Zeitungen!«

Er trank aus, sah auf die Uhr und machte wieder eine große, herrische Geste. Er winkte dem Kellner.

Am nächsten Tag titelten die österreichischen Zeitungen: Der österreichische Textilindustrielle Walter Palmers entführt! Dreißig Millionen Lösegeld gefordert!

Ich dachte, als ich das las, keine Sekunde an die Nacht davor. Als die österreichischen Zeitungen hysterisch mutmaßten, dass nun die RAF auch in Österreich tätig werde, in unserem schönen, kleinen, weltabgewandten Österreich, da bekam ich die Wut. Das hättet ihr gerne, dachte ich, die RAF in Österreich! Um auch hier eure Schweine-Gesetze durchsetzen zu können, Notstandsverordnungen, Rasterfahndung und Berufsverbote. In der Küche sagte ich noch ironisch: »Wer soll denn hier die RAF sein? Vielleicht der Herr Pietsch aus dem Café Savoy?«

»Ist es nicht furchtbar«, sagte Herr Opocensky. »Stalin hat die Idee des Sozialismus geschändet, und jetzt zerstören die Nazi-Kinder von der RAF auch noch den Neo-Marxismus!« Müde und traurig füllte er Bestellscheine aus.

»Nein«, sagte ich, »nein, Herr Opocensky, ich bin absolut sicher, die Palmers-Entführung hat nichts mit« – Ich glaube, ich sagte: »Hat nichts mit uns zu tun«.

Das war am Abend auch die einhellige Meinung im Café Dobner. Da kam ein Zeitungsverkäufer mit den Nachtausgaben herein. In der Zeitung stand, dass der Anruf eines Entführers bei der Familie Palmers auf Tonband aufgenommen worden sei. Die Aufnahme könne unter einer bestimmten Telefonnummer abgehört werden, die Polizei bitte um Hinweise.

Vor der Telefonzelle des Dobner bildete sich eine Warteschlange. Ich wollte das Band aus reiner Sensationsgier hören. Ich fand das witzig. Ich erwartete nicht, dass ich die Stimme erkennen würde. Ich wollte einfach die Stimme von einem echten – ja: Verbrecher. Nicht TV-Krimi, sondern Realität. Wie redet so einer wirklich? Was sagt er? Wir machten Witze.

Einer nach dem anderen ging in die Telefonzelle, hörte das von der Polizei eingerichtete Band ab – und kam blass heraus.

Ich war fassungslos.

Jeder erkannte die Stimme. Es war »der gläubige Thomas«. Wie oft ist er hier gewesen. Ironisch bezeichnet als »der neue Parteiapparat von Rainhard Pitsch«. Ein Hitzkopf, der gegen die »Folterung« der RAF-Genossen in Deutschland wetterte, milde belächelt wegen seines sperrigen Vorarlberger Dialekts. Ein armer Eleve, der die Tasche von Rainhard Pitsch trug.

Seine Stimme – unverkennbar.

Es war eine seltsame Stimmung im Dobner. Ein Herd, in dem ein Kuchen aufging und plötzlich zusammenfiel.

Bedeutung. Weil man so nah dran war. An einem historischen Ereignis. Und Panik. Weil man so nah dran war.

Ich weiß nicht, wie lange die Polizei brauchte, um zu wissen, was an diesem Abend alle Gäste des Café Dobner wussten. Einen Tag? Zwei Tage?

Ich weiß nur, dass bald darauf ein Freund in unserer WG anrief und fragte: »Waren sie schon bei euch?«

»Wer?«

Alle Bekannten und Freunde von Rainhard und Thomas wurden überprüft. Sie kamen in die Wohnungen, sahen sich um, stellten Fragen. Sie zeigten keine Durchsuchungsbefehle. Sie durchsuchten. Sie standen grinsend vor Bücherregalen voll mit marxistischer Literatur, sagten »Aha!« und stellten Fragen. Sie zogen Bücher von Marx aus dem Regal, wogen sie in der Hand, als wollten sie das Gewicht prüfen, sagten: »Du bist doch so belesen!«, sie duzten grundsätzlich. »So ein Gescheiter bist du! Na, dann sag mir, was du weißt!« Sie wischten mit einer Handbewegung ein Dutzend Bücher aus dem Regal, sagten: »So gescheit! Du wirst mir doch nicht sagen wollen, dass du nichts weißt!«

»Waren sie schon bei euch?« Wenn man an diesem Tag die linke Szene in Wien abgehört hatte, dann muss das Telefonprotokoll im Wesentlichen aus diesem Satz bestanden haben.

Ich, als das Proletariat der WG, war der, der den Müll runtertrug. Als ich an diesem Abend die Mülltonne im Hof öffnete, sah ich, dass sie voll von Büchern war. Ich war fassungslos. Was bedeutete das? Ich durchsuchte die Tonne, wie ein Penner, der nach Lebensmittelresten wühlt. Aber das waren doch Lebensmittel. Bücher! Meine WG-Mitbewohner hatten offenbar ihre sozialistische Literatur entsorgt, alles, was verdächtig sein würde, wenn »sie kommen«. Die blauen Marx-Engels-Werke, die potthässlichen, braun plastifizierten Lenin-Ausgaben, die roten Schulungsbroschüren der KP, rororo-aktuell-Bändchen wie »Was ist Stadtguerilla?«, Dutschke , sogar Ernst Bloch – warum um Herrgottswillen sogar den Bloch? Weil das Buch »Spuren« hieß?

Hier wurden Spuren beseitigt, das war klar. Was tun?

Zunächst wollte ich alle diese Bücher retten. Dann dachte ich: Nein.

Ich wollte diese braune Lenin-Ausgabe nicht. Und die verschmutzten Taschenbücher auch nicht. Ich nahm nur die Bände der Marx-Engels-Werke. Das war die Entscheidung, die ich traf: nur die blauen Bände.

Es waren sechs Bände, die ich mit hinaufnahm, abwischte und in mein Regal stellte.

Liesi sagte: »Du spinnst!«

Ich sagte: »Wer spinnt?«

»Warum willst du dich aussetzen, wenn sie kommen?«

»Wer spinnt? Ich? Oder die Idioten, die diese Bücher wegwerfen?«

Die Idioten. Der Plural löste einen Verdacht aus. Ich sah vor mir, wie –

»Ich liebe dich!«, sagte ich, küsste Liesi, nahm meine Reisetasche aus dem Schrank, küsste Liesi noch einmal. »Ich bin bald zurück!«

Ich fuhr in die Mollardgasse, dann zur Schottenfeldgasse. Dann zur Fuhrmanngasse. Ich fuhr alle Adressen von WGs ab, die ich kannte. Alle Adressen von Freunden und Bekannten aus der linken Szene. Alle Adressen, soweit sie mir bekannt waren, der Dobner-Stammkunden, der Mitglieder des »Arbeitskreises Politische Gefangene«, des »Kapital-Arbeitskreises« und der Schulung »Einführung in den Trotzkismus«. Ich fuhr kreuz und quer durch Wien, mit meinem kleinen Adressen-Büchlein und meiner Reisetasche. Ich ging in die Häuser, direkt zu den Mülltonnen. Ich nahm nur die blauen Bände. Die Reisetasche füllte sich. Ich wurde wählerisch. Bei Dubletten verglich ich, nahm das schönere Exemplar mit, ließ das weniger schöne zurück. Es war seltsam, wie lange ich brauchte, um den Band 42 zu finden, die »Grundrisse«. Ich kannte ein Dutzend Studenten, die ihn immer wieder erwähnt hatten – Angeber! Ich fand ihn erst ganz am Ende, in der ich weiß nicht wievielten Tonne. Es machte mich rasend, dass bestimmte Bände fehlten. Ich rief aus einer Telefonzelle Bekannte an, fragte sie nach Adressen.

Im Morgengrauen kam ich nach Hause. Liesi wachte auf, sah mich an, drehte sich um und schlief weiter. Es war klar, dass sie mich verlassen würde.

Eine Stunde später hatte ich alle blauen Bände einigermaßen gereinigt, geordnet und ins Regal gestellt.

Liesi setzte sich im Bett auf. Ich sagte: »Jetzt können sie kommen!«

Fünfundzwanzig Jahre lang habe ich mich immer wieder gefragt – das klingt übertrieben. Es war nur so, dass es ab und zu Anlässe gab, an denen mir diese Geschichte einfiel, und da fragte ich mich: Wieso hat Rainhard Pitsch mir die Tat angekündigt? Das war doch völlig irre. Ich hätte, wenn ich ein wenig heller gewesen wäre, am nächsten Tag der Polizei sagen können, wer Walter Palmers entführt hatte. Warum hatte er es gesagt? Warum mir?

Da traf ich ihn im Café Sperl. Ich saß dort mit Freunden zusammen, als sich plötzlich einer vorbeugte und konspirativ flüsterte: »Schaut mal, da drüben! Da sitzt der Hofrat der Revolution!«

Rainhard Pitsch.

Er war frei?

»Schon lange!«

Gekleidet in einen zerschlissenen Zweireiher-Nadelstreif-Anzug, den er mit verdrießlicher Indifferenz trug, ging er seiner revolutionären Tätigkeit nach: Er las die Presse. Ich stand auf und ging zu ihm hin. Er erkannte mich. Er lächelte viereckig mit seinem Briefkastenschlitz-Mund. Ein paar Zähne fehlten. Nach einigen Floskeln stellte ich die Frage.

»Ich wollte gerade gehen«, sagte er, »weil niemand im Savoy war, den ich kannte. Da kamst du herein! Ja, ich erinnere mich!«

»Und?«

»Ich brauchte einen Zeugen. Ich wollte schon zum Dobner weitergehen. Weil ich einen Zeugen brauchte.«

»Einen Zeugen?«

»Ja. Klar. Einen, der bestätigen konnte, dass ich zu dieser Zeit unschuldig in einem Café saß. Du warst mein Alibi, verstehst du? Wir redeten exakt in dem Moment, als Palmers entführt wurde. Ich war ja nicht an der Entführung direkt beteiligt. Nur logistisch. Für den Tatmoment brauchte ich ein Alibi.«

»Aber warum hast du gesagt: Lies morgen die Zeitungen?«

Er lachte. »Das habe ich doch immer gesagt. Du kannst jeden Tag die Zeitungen lesen, und an jedem Tag ist das eine Aufforderung zur Tat!«

Es klopfte an der Tür. Ich sah zu meiner Überraschung den wirklichen Hofrat von heute morgen vor meinem Laden stehen. Ich öffnete.

»Ich kam gerade vorbei und sah, dass noch Licht ist! Dass Sie noch da sind.«

»Kommen Sie rein!«

Ich fragte ihn, ob er ein Glas Wein wolle. »Ja, gern!« sagte er und lockerte seine Krawatte.

Die Flasche war leer. Ich öffnete eine neue. Dabei musterte ich ihn und fragte: »Wo haben Sie eigentlich 1977 gewohnt?«

»1977? Da habe ich studiert.«

Ich schenkte ihm ein Glas ein.

»Ja. Und wo haben Sie gewohnt?«

»In einer WG. In der Schottenfeldgasse.«

Ich lachte. Ich lachte so sehr, dass ich Tränen in den Augen hatte.

Chronik der Girardigasse

Ich arbeite in einem Bordell. Das Bordell ist kein Bordell mehr, man kann lediglich sehen, dass es eines gewesen ist. Allerdings nur, wenn man es weiß. Wer dieses Haus betritt und dessen Geschichte nicht kennt, kommt nie auf die Idee, ein ehemaliges Freudenhaus zu betreten. Aber er kommt auch nicht auf keine Idee. Wer hier eintritt, stutzt. Bleibt stehen und schaut. Sucht nach Worten. Noch keiner ging jemals achtlos die Stiegen hinauf, und keiner sagte bloß: »Oh, hübsch!« oder »Interessantes Stiegenhaus!« Noch jeder fügte hinzu: »Da war doch etwas. Was war da?« Dieser Ort hat eine Ausstrahlung, einen Schein, dessen Sein man augenblicklich ergründen will. Woran denkt man? An ein Theater? Man denkt zuallererst an ein Theater. Ein Haus, gebaut für den Schein. Und ist doch augenblicklich wieder verwirrt: Wo ist oder wo war die Bühne? Hier ist das Parkett, da sind die Galerien, dort die Logen – aber wo die Bühne? War dieses Gebäude vielleicht gar die schrullige Idee eines Exzentrikers, der die Theateratmosphäre liebte, aber von Stücken nicht behelligt und von den Eitelkeiten der Schauspieler nicht gelangweilt werden wollte? Der also ein Theater ohne Bühne bauen ließ, wo das Publikum selbst zum Hauptdarsteller werden konnte?

Dann aber kippt die Assoziation, und der Besucher denkt plötzlich erschrocken an ein – Gefängnis. Sollten hier vielleicht gar nicht Zuschauer im Mittelpunkt stehen, sondern Täter unter Aufsicht? Und führten die vielen Türen, die von den Galerien abgingen, gar nicht in Logen, sondern vielmehr in Zellen?

Ist die Wahrheit nicht bekannt, weil sie verdrängt oder vergessen wurde, dann zeigt sie sich immer noch in der Konstellation der Irrtümer zueinander: Denn was ist ein Bordell, wenn wir eine architektonische Metapher suchen, anderes als eine Mischung aus Theater und Gefängnis?

Ich beschreibe ein Haus in Wien, das Haus, in dem ich arbeite. Aber der Wien-Kenner weiß schon jetzt: Die Rede ist nicht von einem einzelnen Haus, sondern von ganz Wien. Denn wie kann man den Eindruck, den diese Stadt macht, anders beschreiben als mit einem Reigen dieser Begriffe: Theater und Gefängnis und verdrängte oder vergessene Geschichte. Schöner Schein, unklares Sein. Ein Publikum, das sich am liebsten selbst beobachtet und sich selbst applaudiert, und dabei das Gefühl nicht los wird, in Wahrheit weggesperrt zu sein, nicht hinauszukönnen in das freie, das wirkliche Leben. Und was ist die Geschichte? Ihr roter Faden, nein: ihr ewiges rotes Licht ist die Erfahrung der Wiener, immer zu teuer für ihre Potenzphantasien bezahlt zu haben, weil sie, als es darauf ankam, doch impotent waren – und dennoch schmierige Täter.

Dies ist die Geschichte dieses Hauses – und en miniature die Geschichte Wiens in diesem Jahrhundert: Das Haus, in dem ich schreibe, befindet sich in der Girardigasse. Alexander Girardi war ein berühmter Volksschauspieler, zu seiner Zeit der Inbegriff populärer Theaterkunst. Sein Lebenstraum, an die bedeutendste deutschsprachige Bühne berufen zu werden, nämlich an das Wiener Burgtheater, erfüllte sich im Jahr 1918. Allerdings starb Girardi am 20. April desselben Jahres. Sein größter Triumph und sein Ende fielen in eins zusammen. Sein Todesdatum setzt sich aus zwei für die Geschichte Österreichs markanten Geburtstagen zusammen: An einem 20. April kam Adolf Hitler zur Welt, und im Jahr 1918 konstituierte sich nach dem Ende des Weltkriegs und dem Zerfall der alten Habsburgermonarchie die erste österreichische Republik.

Geht man die leicht abschüssige Girardigasse hinunter zur Wienzeile, kommt man, links abbiegend, zum »Theater an der Wien«. Geht man die Girardigasse hinauf zur Lehargasse, stößt man auf das »Semper-Depot«, ein Gebäude, das zur Lagerung von Theaterkulissen errichtet worden ist. Heute befinden sich im »Semper-Depot« Ateliers der Kunstakademie, aber an der Architektur lässt sich immer noch ablesen, wie genial die Wiener bei der Beantwortung der Frage waren: Wie können wir die Kulissen, im Grunde Vor-Wände, die wir im Moment nicht brauchen, lagern, bis wir sie wieder benötigen?

In der Girardigasse war dort, wo heute mein Haus steht, auf der Höhe von Nr. 10, in Girardis Todesjahr eine Baulücke. Begrenzt von einem windschiefen, lückenhaften Bretterzaun.

Die Girardigasse stößt, wie gesagt, auf die Wienzeile. Dort, am sogenannten Naschmarkt, befand sich zu Beginn der ersten Republik nächtlings ein Strich. Es gibt zahllose Geschichten von der Genialität der

damaligen Naschmarkt-Prostituierten: Den allein-
stehenden Bürgern, die nach Vorstellungsende aus
dem »Theater an der Wien«, oder den Arbeitern, die
aus dem »Ateliertheater« strömten, gaben sie mühe-
los den Eindruck, dass die Realität eine unmittelbare
Fortsetzung des jeweiligen Theaterstücks sei, und für
die Bauern, die in der Nacht ihr Gemüse zum Naschmarkt lieferten, spielten sie »verruchte Großstadt«. Es
gab das »warme« Hotel und das »kalte«. Das »warme«
war das »Hotel Drei Kronen« in der Schleifmühlgasse,
das »kalte« war das verwilderte kleine Stück Brachland
hinter dem Bretterzaun in der Girardigasse.

Das war die Erste Republik. Abreaktionen, die nicht
lange anhielten. Beklommene Suche nach Erlösung.
Kalt warm. Erwachen mit Selbsthass. Suche nach
dem Purgatorium. Das Leben wollte markig werden,
oder – wenn schon bigott, dann richtig. Und so fiel der
Vorhang für die Erste Republik – Applaus! – und es
fiel auch der Vorhang für den Naschmarktstrich. Der
klerikalfaschistische Ständestaat verbot die Straßen-
prostitution. Das war Ende 1934. Die beiden damals
reichsten Zuhälter, ein gewisser Franz Kuchwalek
(eigenartigerweise ebenfalls an einem 20. April geboren) und Adolph Girardi (bizarrerweise ein entfernter
Verwandter des Schauspielers, nach dem die Gasse
schließlich benannt werden sollte), taten sich zusammen und ließen in der erwähnten Baulücke ein Bordell
bauen, das heutige Haus Girardigasse Nr. 10.

Dieses Gebäude war zu seiner Zeit revolutionär: das
erste Haus in Wien, das nicht zu einem Puff adaptiert,
sondern bewusst als Bordell geplant und errichtet

wurde. Eine Herausforderung für den leider unbekannten Architekten, der eine geniale, viel zu wenig gewürdigte Lösung fand. Eine Fassade, die nichts ist als dies: bloße Fassade. Nie würde man hinter dieser Schlichtheit und Ornamentlosigkeit, die Loos zitiert und die Zitate auch gleich wieder versteckt, irgendetwas vermuten, das anrüchiger wäre als der Schein kleinbürgerlicher Häuslichkeit. Eine Fassade, so unscheinbar, dass sie in dieser Lage – Theater links und Kulissendepot rechts – etwas bedeuten musste. Wer dieses Haus betrat, trat aus dem Freien voller faschistischer Verbote in ein Inneres, das erst buchstäblich das Freie war, auch wenn es überdacht war: Hinter der kulissenhaften Fassade ein Hausflur wie ein kurzes verschwiegenes Gässchen, das zu einem Platz führt, von dem ein so großartiger wie verzwickter Boulevard wegführt, der sich, weil es ein Innen-Boulevard ist, gerollt und gewunden in die Höhe schraubt, vier Etagen hoch, in jedem Stockwerk macht er einen eleganten Schwung, will sich ausbreiten, strecken und muss doch wieder sich Stufen hochwinden und eine weitere Galerie bilden, mit einem schmiedeeisernen Geländer, wie eine städtische Straße an einem Fluss. Kurz: die von Prostituierten gereinigte Wienzeile, die am Wienfluss entlangführte, wurde hinter der Kulisse eines biederen Wohnhauses gleichsam als »Wendel-Straße« neu aufgebaut und wieder mit Prostituierten bevölkert. Da standen sie auf diesen Galerien, und die Männer, die hereinkamen, mussten zu ihnen aufblicken. Draußen regierte ein faschistischer Führer, Engelbert Dollfuß, ein Zwerg, auf den Wien hinabblickte.

Aus dieser Zeit gibt es die schönsten Fotografien dieses Innen-Boulevards: Sie zeigen schmerbäuchige Kutscher mit den Allüren von Grafen, die sich angesichts der sogenannten »Hübschlerinnen« genießerisch den Bart zwirbeln – und doch war damals schon beides nicht mehr wirklich wahr: weder die Kutscher noch die Grafen. Anders als das öffentliche Verschwinden der Huren war das Verschwinden der Kutscher und Grafen definitiv, und nur dies sollte von dieser Zeit in dieser Stadt bleiben: das Verschwinden. Draußen fieberten die Wiener dem politischen Anschluss entgegen, und drinnen, im Inneren dieses Hauses, der physischen Verschmelzung – und alles wurde eins. Ein und dasselbe, vorexerziert im Haus Girardigasse 10: theatralisches Verschwinden, verschwiegenes Verstecken. Ob Kutscher, Graf oder Arbeiter, alles verschwand 1938, nur scheinbar zwar, so wie zuvor die Huren, aber es verschwand, es verschwand im Volkskörper. Ach, wie haben die Huren zuvor noch gelacht über den Begriff »Volkskörper« – stehen sollte er (hahaha!), wie ein Mann (hahaha!), der Volkskörper, der Befriedigung suchte; und der Kutscher, der längst kein Kutscher mehr war, sondern ein Nazi, sagte zur Frau Marie: »Ich bin der Volkskörper, und du bist der Volksempfänger!« (hahaha!). Alles verschwand und es blieben nur die Allüren, und den Allüren stehen die Uniformen immer noch am besten.

Als ich in dieses Haus einzog, lebte gerade noch in der Nachbarwohnung rechts ein gewisser Franz Gärtner, Oberwachtmeister im Ruhestand, Mieter seit dem Jahr 1938. »Ach«, erzählte er, »wie haben wir sie mit nassen Fetzen hinausgejagt, die ungarischen Jüdinnen, die rumänischen Zigeunerinnen, die arbeitslosen böhmischen Dienstmädeln, das ganze syphilitische Gesindel …!« Das Volk brauchte Raum, und in diesem Haus kann man erfahren, welchen Raum diese Herren eroberten: Enge Zellen, die perfekt geplant waren zur so wohlfeilen wie kurzfristigen Befriedigung animalischer Gelüste, und diese sollten sie nun sehr teuer zu stehen kommen. Keine ist mehr zurückgekommen, die da gelacht hatte: »Teuer zu stehen, ach so teuer ist es gar nicht, Schatzi, dass er steht!«

So viele Ach's! – Und nie wieder konnte es so werden, wie es war, es wurde bloß, was es schon zuvor nur zum Schein gewesen war: ein ganz normales Wohnhaus. Aber – noch ein vorläufig letztes: Ach! – wie könnte es wirklich werden, was es zu sein vorgibt? Keiner, der hier eintritt, kann denken oder gar empfinden: Alles normal!

Wien ist nicht die Stadt, als die sie erscheint. Das Imperiale gehört keinem Imperium mehr, das Barocke keinem Phäakentum, das Biedermeier keinen sanften Idyllen, das Moderne keinen Modernisierern. So wie an den Galerien dieses Freudenhauses keine Lust wandelt.

Wien ist eine Stadt der Kulissen. Man kann nicht hinter alle blicken, aber wenn man vor ihnen steht, sagt man sich Hier ist etwas gewesen. Was ist dahinter? Nichts. Vorne ist der Schein ohne Sein, dahinter das Sein ohne Schein.

Das ist das vorläufig letzte Kapitel dieses Hauses: Wer will schon in einem ehemaligen Bordell wohnen?

Und wer die Geschichte nicht kennt, muss sie doch sehen: Kleine, enge Wohneinheiten, zu klein für eine Familie, zu eng sogar für ein elaboriertes modernes Single-Leben. Diese Logen waren weder für Familien noch für Einzelne gedacht, sondern für schnelle Akte zu zweit. Wie soll das als Wohnhaus funktionieren? Schneller wohnen? Heute haben vier Schriftsteller und zwei Maler hier ihre günstigen Ateliers, ein paar Studenten haben hier ihre »Startwohnung«, ein paar Alte wissen noch Geschichten, aber haben gelernt zu schweigen. Herr Gärtner ist schon lange tot. Ein Nachbar, ein frühpensionierter Alkoholiker, pendelt täglich ins vis-à-vis gelegene »Café Sweet Dreams«. Und, ach ja, da ist noch eine Nachbarin, eine engagierte Haupt-schullehrerin und Alt-Achtundsechzigerin, die ich manchmal auf unserer Galerie treffe, dann blicken wir hinunter auf das Parterre ohne Bühne, und sie will mir eine Zeitung ohne Leser verkaufen, die heißt: »Revo-lution!«. Hier, in diesem Haus, muss es sein, dass ich sie kaufe. Eine schnelle, billige, zweifelhafte Befriedi-gung.

Dann schreibe ich weiter an meinem Roman, in dieser Zelle, in der man sich weggesperrt fühlt vom Leben, wie es scheint, und sich auf wenigen Quadrat-metern doch in der Welt fühlen kann, wie sie ist, zu-mindest in dieser seltsamen Stadt, in Wien.

Der Geruch des Glücks

Als meine Eltern sich kennenlernten, schienen sie füreinander bestimmt. Damals, im Jahr 1954, war mein Vater ein zwanzigjähriger Mann mit Träumen und Muskeln. Er träumte davon, Weltmeister zu werden und Marilyn Monroe zu erobern, und die Muskeln waren alles, was er mitbrachte, um seine Träume zu verwirklichen. Aber er war kein Träumer in dem Sinn, dass man ihn größenwahnsinnig oder weltfremd hätte nennen können: das ganze Land sprach damals vom möglichen Weltmeistertitel, und von Marilyn Monroe schwärmten fast alle Männer. Sie war mehr als ein Sexsymbol, sie war das Symbol für ein Glück, das so universal war, dass man es vielleicht auch mit einem Duplikat erringen konnte. Und meine Mutter war ein Duplikat. Auch sie hatte Träume, vor allem ein Traumbild von sich selbst: Sie wollte sein wie Marilyn Monroe, so aussehen und angehimmelt werden wie sie.

Sie war damals, mit siebzehn Jahren, nach einer vierstündigen Motorradfahrt auf dem Sozius ihres Onkels, eines kleinen Winzers aus Obersulz in Niederösterreich, nach Wien gekommen, um in die Pädagogische Akademie der Hauptstadt einzutreten und zur Volksschullehrerin ausgebildet zu werden.

Der Onkel war der einzige motorisierte Mann in der Familie meiner Mutter, weshalb ihm die Aufgabe zugefallen war, meine Mutter in die Stadt zu bringen.

Genannt wurde er Zwerg Nase. Er war kleinwüchsig, aber auch für damalige Verhältnisse nicht wirklich ein Zwerg, seine Nase allerdings war viel größer als alles, was man sich gemeinhin unter einem Humpen oder Zinken vorstellt: Sie sah aus wie ein rotes Wespennest. Dieser Onkel liebte den Tresterbrand, den er aus den Rückständen der Traubenpressung destillierte. Er lieferte meine Mutter bei Tante Loisi ab, seine Nase war vom Fahrtwind noch röter als sonst, ein Warndreieck, ein Gefahrenzeichen. Aber er hatte nicht die Nase, die etwas witterte. Er war einfach wütend, genervt. Die Reise war für ihn ein Horror gewesen, mit diesem Mädchen, das sich geweigert hatte, für die Motorradfahrt eine Hose anzuziehen. Vier Stunden lang ist ihr der Wind unter das Kleid gefahren, ein Tanz, sagte er, ein irrer Tanz sei das gewesen, wie sie unausgesetzt den Wind aus dem Kleid geschlagen, den Saum an einer Stelle runtergedrückt hatte, während der Wind ihr sofort an einer anderen Stelle unter den Stoff fuhr, da blähte sich das Kleid auf, dort drückte sie es nieder, ein Hin und ein Her sei das gewesen, eine einzige Gefahr im Verkehr.

Tante Loisi rümpfte die Nase. Auch sie hatte den Familienzinken, aber da sie nicht trank, war er scharf wie ein Schnabel. Ohne sichtbare Poren, von Gesichtscreme glatt und schimmernd. Aloisia war auch eine Art Ikone – des sozialen Aufstiegs, der der Familie realistisch möglich schien: Sie hatte einen Wiener Ministerialbeamten geheiratet. Mutter sollte bei ihr zur Untermiete wohnen, in Wahrheit aber, wie sich bald herausstellte, ihr Dienstmädchen sein. Da saßen sich also zwei Ikonen gegenüber, im Grunde zwei Kopien der gängigen Symbole von Lebensglück, und es war augenblicklich klar, dass die Wohnung zu klein war für beide. Man trank Kaffee, damals betonte man noch: echten Bohnenkaffee, aß Buchteln, Onkel Franz war sauer, nicht nur wegen der Herfahrt, sondern jetzt auch, weil er wegen der Rückfahrt von seiner Schwester keinen Schnaps bekam, und Tante Loisi war indigniert vom Auftritt ihrer Nichte: dieses Fähnchen von einem Klcid, diese ungesunden Schuhe! Völlig unangemessen für eine angehende Lehrerin, und die Haare! Wasserstoffblond gefärbt. Letzte Weihnachten noch habe sie doch so wunderschönes dickes braunes Haar gehabt, na gut, Zöpfe müssten jetzt vielleicht wirklich nicht mehr sein, aber so! Wie ein amerikanisches Flittchen! sagte sie, und: Wie eine Braut von einem Halbstarken! sagte sie, und: Jugend! sagte sie immer wieder mit säuerlich verständnisvollem Grinsen, ja die Jugend! Aber das bekommen wir schon in den Griff! Dann sah sie ihre Nichte aufmunternd an. Bis dahin, erzählte mir meine Mutter, habe Tante Loisi mit Onkcl Franz geredet, als wäre sie gar nicht da, oder doch da, aber ein Gegenstand, oder ein Tier, das zur Dressur abgeliefert worden sei. Tante Loisi, so meine Mutter, habe eine weiße Bluse mit Spitzenkragen getragen, es habe ausgesehen wie Tortenpapier, und sie habe gewusst, dass sie so nicht werden wolle: ein Krapfen auf Tortenpapier.

Bis zu diesem Punkt war alles weitgehend normal. Symbole, Ikonen, gesellschaftliche Ideale – im Alltag sind sie nur Klischees. Aber wenn schon Klischees ge-

geneinanderstehen, dann möge das beste gewinnen.
Das Mädchen stand auf und öffnete das Fenster. Ein
Windstoß fuhr ihr ins blondierte Haar, sie legte eine
Hand auf ihren Ausschnitt, atmete tief ein, sah zu
Tante und Onkel hin, schnupperte, hielt ihre Nase in
den Wind, sog die Luft begierig ein. Dann sagte sie:
Könnt ihr das riechen? Riecht ihr das nicht?

Onkel Franz und Tante Loisi hatten in dem Moment verloren, als sie tatsächlich reflexhaft ihre Nasen
reckten und mehrmals scharf einatmeten.

Was?

Stadtluft! sagte Mutter.

Meine Mutter war ein Mädchen vom Land, damals natürlich viel naiver, als es in dieser Geschichte,
die sie immer wieder gern erzählte, erscheint. Aber
eines stimmt: Eine vierstündige Motorradfahrt hatte
sie an den Ort gebracht, wo sie mit all ihrer Naivität
erst diesen Anspruch erheben konnte: frei zu sein. Sie
war nicht nervös. Weil sie naiv war. Sie glaubte, mit
jedem Atemzug riechen zu können, dass der Geruch
von Freiheit in der Luft lag. Sie witterte keine Gefahr.
Die Klippen, an denen Hoffnungen wie die ihren
gemeinhin zerschellten, erschienen ihr noch als das
Fundament, auf dem sie aufbauen konnte. Sie wusste
natürlich, dass der Ausbildungsplatz in der Stadt eine
Chance für sie war. Aber sie ergriff diese Chance nicht
so, wie man eine einzige oder die letzte ergreift. Sie
war höchstens bereit, sich ergreifen zu lassen. Sie war
am Anfang. Im Grunde hatte sich für sie die gebote-
ne Chance bereits erfüllt: Sie war dadurch in die Stadt
gekommen. Und, erzählte sie mir, sie war gar nicht

sicher, ob sie das wirklich wollte: eine Ausbildung zur Lehrerin, damit sie dann davon lebte, Kinder auf das Leben vorzubereiten – bevor sie selbst ihr eigenes Leben gehabt hatte. Und sie wollte so schnell wie möglich weg von Tante Loisi. Sie dachte: um jeden Preis. Weil sie keine Ahnung davon hatte, wie schwindelerregend hoch Preise sein konnten. Sie hielt den Preis, den sie und ihre Eltern an Loisi zahlten, schon für zu hoch, sie dachte, dass die Freiheit billiger sein müsse. Ihre Eltern zahlten Kostbeitrag in Form von Naturalien (Wein, Speck, Marmelade), und noch eine kleine Geldsumme. Sie musste die Wäsche von Loisi und ihrem Mann waschen und bügeln, außerdem die Wohnung putzen. Dafür durfte sie im Kabinett hinter der Küche schlafen, das gleichzeitig die Abstellkammer war. Und sie musste das Gegrapsche vom Onkel ertragen, vom Herrn Ministerialrat.

Er hat dich begrapscht?

Nein.

Warum erzählst du es dann?

Er hat so geschaut!

Sie wollte weg. Sie war naiv. Sie war für meinen Vater bestimmt.

Vater lebte damals von Gelegenheitsarbeiten. Er war Laufbursche. Es heißt, er war der erste Laufbursche, der wirklich lief. Es war für ihn Training. Er war Empfangschef – so nannte nur er diese Tätigkeit, Mutter erzählte, er sei Rausschmeißer gewesen – in der »Splendid-Bar«, später beim »Café Dezentral«. Auch das war Training: Er ließ seine Muskeln spielen. Er war Kartenabreißer. Das war seine liebste Arbeit, kein Training. Billeteur im Kino »Auge Gottes«, wo er noch dafür bezahlt wurde, die Filme von Marilyn Monroe immer wieder sehen zu können. Nach der letzten Vorstellung ging er rauf zur Heiligenstädterstraße, zum Café »Ring Frei«. Gab die paar Schilling, die er verdient hatte, für fetttriefende Cevapcici aus und für ein schwarzes Bier mit einem Eidotter. Er musste auf sein Gewicht achten. So fleißig er auch Krafttraining machte und Muskeln aufbaute, er hatte immer Angst, zu leicht zu sein. Er war 1,80 Meter groß und 91,5 Kilo schwer. Er musste aufpassen. Er hasste den Geruch von Fett und Zigarettenrauch, genauso wie den Geruch von Schweiß und Leder. Aber so roch seine Welt. Nein, so roch, meinte er, bloß das Vorzimmer der Welt, in die er vordringen wollte. Die Welt mit dem Geruch der Siegeskränze und dem Duft der schönen Frauen.

Das Café »Ring Frei« befand sich in dem Haus, in dem Mutter damals wohnte. Wenn sie ihre Arbeiten für Schule und Haushalt erledigt hatte und sie es in ihrem Kabinett nicht mehr aushielt, wenn sie die symphonischen Konzerte und Opern nicht mehr hören wollte, die aus dem Radio in der Küche dröhnten, dann huschte sie hinaus, ignorierte die Blicke von Onkel und Tante und lief in dieses Café. Die Stadt, die wirkliche Freiheit, war anderswo, das war ihr klar, das Café im Haus war bloß das Zimmer, in dem der Kanarienvogel ein bisschen fliegen konnte, wenn man den Käfig kurz öffnete. Aber immerhin. Es war nicht der Käfig.

Natürlich war es ungewöhnlich, erzählte mir Mutter, dass ein Mädchen da alleine saß und ein Glas Wein trank, aber es herrschte doch eine gewisse Moral:

Wenn deutlich war, dass einer sie belästigte, dann gab es immer einen anderen, der sie schützte. Auf jeden Fall der Wirt. Er hieß Hans John, genannt Joe-Joe, war ein ehemaliger Boxer, der aussah wie eine grob gegerbte Ledertasche, vollgepackt mit schlaffen Muskeln. Ein Wort von ihm genügte, und es herrschte Ruhe. Natürlich habe sie sich immer wieder einladen lassen, sie habe ja wenig Geld gehabt. Aber es sei nie zu etwas gekommen, was über Reden und Hofiert-Werden hinausging. Von Männern hofiert zu werden, das war es ja, was sie wollte, aber an einen Mann dachte sie noch nicht.

Dort lernte sie meinen Vater kennen. Er kam von der Arbeit: »Blondinen bevorzugt« im »Auge Gottes«.

Hat er dich angesprochen? Wie war das? Was hat er gesagt?

Dass er Weltmeister werden wolle.

Das war das Erste, was er dir gesagt hat?

Nein. Das Erste, an das ich mich erinnern kann.

Und was hast du gesagt?

Ob er Fußballer sei.

Es muss eine surreale Situation gewesen sein, in diesem Lokal, an dessen Wänden gerahmte Fotos von Box-Legenden hingen, Männer mit zerknautschten Nasen hinter der Deckung ihrer Fäuste.

Du hast dir wirklich nicht gedacht, dass er Boxer ist?

Nein. Er war so höflich.

Er war kein Halbstarker, wie ihn Tante Loisi prophezeit hatte. Und er hatte große Träume. Es war ein anderer Abend, als Mutter Vater fragte, ob er finde, dass ihre Nase zu groß sei. Nein, hatte er gesagt, und sie spürte, dass er sie jetzt küssen wollte. Ein anderer Abend: Sie fragte, ob ihre Nase nicht doch zu groß sei. Er sah Marilyn in ihr, die Marilyn, die ihm zugänglich war. Nein, sagte er, wie kommst du darauf? Er wollte sie küssen, aber nicht hier, hier nicht einmal auf die Nase.

Ein anderer Abend: Vater brachte immer Geschenke zum Rendezvous mit, kleine Aufmerksamkeiten, Schokolade zum Beispiel, die »Milka«-Rolle mit der blauen Quaste, oder Kirschen, als es die ersten Kirschen gab. Dann eines Abends dies: ein Parfum, Chanel N° 5, das Parfum, von dem Marilyn Monroe gesagt hatte, dass – und Mutter verstand. Nicht gleich. War es vielleicht eine Anspielung auf ihre Nase? Nein. Sie verstand. Wann sie es tragen sollte. Wo er es riechen wollte. Mutter schwor ihm ewige Treue.

Bald darauf entstand dieses Zeitungsfoto, heute vergilbt und mürbe: Vater, die »Hoffnung«, Mutter guter Hoffnung (»Auch wenn man es da noch nicht sieht: du warst schon unterwegs!«). Vaters erster Profikampf. Bis dahin war er Amateur gewesen, das heißt, er hasste, was er tun musste. Um Geld für die Miete seiner trostlosen Küche-Kabinett-Klo-am-Gang-Wohnung zu haben, um meine Mutter ausführen zu können, und vor allem um den Betrag zu bezahlen, den jeder registrierte Boxer an den Boxsportverband zu entrichten hatte, um offizielle Kämpfe zu bekommen. Mit der Börse, die er für den ersten Profi-Kampf erhielt, machte Vater die Anzahlung für eine anständige, eine gemeinsame Wohnung. Nun war nach der Käfigtür auch die Zimmertür aufgegangen, und Mutter konnte hinausfliegen, den Schnabel hochgereckt in die Luft.

Vater gewann den Kampf nach Punkten. Er hatte keinen einzigen K.-o.-Sieg auf seinem Rekord. Er war ein Techniker, kein Schläger. Alle seine Gegner waren massiger und wuchtiger als er. Er kämpfte immer mit einem Gewicht knapp über dem Mindestgewicht. Er wollte die Königskrone. Den Titel im Schwergewicht. Dazu musste er nach der Regel mindestens 90,892 Kilogramm auf die Waage bringen. Es war immer knapp. Er hieß »der Zarte«.

Vater ließ sich, wenn er bedrängt wurde, in die Seile fallen, bog den Oberkörper weit zurück, so dass sein Gesicht außer Reichweite des Gegners war, und schützte seinen Körper. Er machte die Gegner müde. Er tanzte mit ihnen wie ein Torero im Kampf gegen einen Stier. Im Angriff ging er auch nie auf das Gesicht, den Kopf. Jabs, ja. Irritieren, täuschen. Dann hagelten seine Fäuste auf die Leber des Gegners. Sie schützen die Nase, sagte er, und vergessen die Leber. Sie decken den Kopf und eröffnen freie Bahn auf den Leib. Er vertraute dem Merksatz von Joe-Joe, dem Europameister von 1932: »Du musst den Kopf nicht treffen. Fällt der Körper, fällt auch der Kopf!«

Dieser Stil begeisterte die Massen nicht. Vater war nicht das, was man einen Publikumsmagneten nannte. Mutter erzählte mir, dass er jedoch unbeirrbar gewesen sei. Die Massen! Er zuckte die Achseln. Sie kennen sich nicht aus, sie verstehen nichts, sehen keine Feinheiten. Sie wissen nur eines mit Sicherheit: wer am Ende der Sieger ist. Dem jubeln sie zu! Warte nur ab, was sich abspielt, wenn sie merken: Ich bin auf der Siegerstraße!

Und er hatte recht. Die Fußballnationalmannschaft war 1954 nicht Weltmeister geworden, aber Vater gewann Kampf um Kampf. Es waren keine großen Kämpfe, es waren Siege. Das Publikum wurde aufmerksam. Und am Ende, als die Krone in Reichweite kam, hysterisch. Im Jahr 1957 bekam Vater die große Chance. Ein Kampf gegen den regierenden Europameister Ingemar Johansson. Der Sieger sollte danach gegen den Weltmeister Floyd Patterson antreten dürfen. Vergilbte Zeitungsseiten: Eine Nation huldigte meinem Vater. Kluge Analysen: Johansson war ein Schläger, und Vater hatte mehrfach bewiesen, dass er diesem Typus Boxer technisch überlegen war. Johansson hatte Konditionsprobleme – gewann er nicht rasch durch K.o., kam er ab der achten Runde in Schwierigkeiten. Mein Vater wurde dafür gelobt statt wie bisher kritisiert, dass er es wie kein anderer verstand, auf unspektakuläre Weise einen Gegner zu ermüden und zu zermürben, um am Ende jene Schläge anzubringen, die für einen Punktesieg reichten. Das Land erblickte plötzlich in Vater sich selbst: überlegen durch »Schmäh«, auf der Siegerstraße durch Klein-Machen und dann die Chance nutzen, Taktik statt Gewalt, feine Technik statt Roheit, ja, so sind wir, bejubelten sie sich selbst, als sie Vater zujubelten. Wir sind keine Amis, wir sind keine Deutschen, wir sind »klein, aber oho!«, wir sind so wie »der Zarte«.

Vater verlor gegen Ingemar Johansson durch K.o. in der ersten Runde.

Johansson drängte Vater in eine Ecke des Rings, Vater ließ sich wie immer in die Seile fallen, lehnte den Kopf weit zurück, schützte den Körper. Da soll er noch gelächelt haben, so wie auch ich oder du lächeln, wenn wir im Gefühl geistiger Überlegenheit einen aggressiven Idioten beruhigen wollen. In den Ringecken aber sind die Seile nicht so elastisch wie an den Seiten, er federte nicht weit genug zurück, um den Angriffsschlag ins Leere gehen zu lassen, blieb also mit ungedccktcm Kopf in der Reichweite des Schweden, der keine Sekunde lang ein anderes Ziel gehabt hatte als das Gesicht meines Vaters. In diesem Moment spaltete sich das Leben meines Vaters wie durch einen Axthieb in zwei Teile, zwei Zeiten, zwei Ewigkeiten. Es war die Unendlichkeit, die zu vergehen schien, während er dies begriff: Das war das Ende! Das war nicht Zeitlupe, erzählte mir Vater später, das war ein Zeitmikroskop. Er sah jedes einzelne Molekül der Zeit als Standbild. Die Faust, die auf sein Gesicht zukam. Das Gesicht, das zu nahe bei der Faust war, die Faust, die unendlich langsam immer näher zum Gesicht kam. Und dann dic zweite Ewigkeit: die Zeit danach. Sie hört nie auf. Es gibt kein Ende für ein Danach.

Ich war nach diesen Sekunden ein Scheidungskind.

Ich musste dreißig Jahre alt werden, um zu begreifen, dass meine Eltern sich nicht deshalb trennten, weil Vater diesen Kampf verloren hatte, weil Mutter keine Perspektive sah und sich betrogen fühlte, nicht von ihrem Mann, sondern vom Schicksal: Sollte sie jetzt Wäsche waschen und bügeln und putzen für einen Mann, der nichts mehr werden konnte, nicht einmal Ministerialrat? Nein, so dachte Mutter nicht. Sah Vater das Leben, das nun vor ihm lag, als neuen Kampf, den es zu gewinnen galt? Nein. So dachte Vater nicht. Die Zeit der Kämpfe war vorbei. War er arbeitslos? Wovon kann ein gedemütigter Ex-Boxer leben? Diese Frage stellte sich nicht. Er wurde Polizist. Das war damals möglich: eine Bewerbung, eine Ausbildung, ein Posten. Er konnte meiner Mutter keinen Lorbeer bieten, aber ein Leben. Vater wurde ein sanfter Mann. Höflich und freundlich schritt er seinen Rayon ab. Wenn er bei einer Wirtshausrauferei einschreiten musste, ließ er sich nie von Betrunkenen provozieren, die, weil sie ihn erkannten, sich höhnisch und verächtlich mit ihm, dem Verlierer, mit Fäusten messen wollten.

Was ist passiert? Warum habt ihr euch getrennt?

Er ging. Ich weiß es nicht. Er ging.

Sie trennten sich, weil – ich war dreißig, als ich es endlich verstand. Zu verstehen glaubte. Es muss nicht stimmen. Eine Theorie. Vater war da seit vier Jahren tot. Eine Hirnblutung. Er saß in der Wachstube und bekam Nasenbluten. Wer denkt bei Nasenbluten an Gefahr? Vater soll aufgesprungen sein, sich an die Wand gelehnt haben, den Kopf weit zurückgebeugt, und Nein gesagt haben, mehrmals Nein! Er soll bereits tot gewesen sein, aber immer noch aufrecht gestanden haben, breitbeinig, die Fäuste geballt, an die Wand gelehnt. Doch, er war ein Kämpfer!

Man wusste noch, dass er Boxer gewesen war, also hatte man eine rasche Erklärung: Gehirnblutung, sagte man, Spätfolge seiner Boxer-Karriere. Aber er war nicht mehr so prominent, dass man der Sache wirklich auf den Grund gegangen wäre. Was denn jetzt? Gehirnblutung oder Nasenbluten? Nasenbluten – daran stirbt man nicht! Mein Vater schon!

Es war das Jahr meiner Promotion. Meine Mutter war stolz auf mich. Ich selbst aber hatte nicht das Gefühl, dass ich etwas geleistet hatte. Ich war herangewachsen. Ich hatte in einem Zug gesessen, der planmäßig eine Station nach der anderen abklapperte, bis er in einen Kopfbahnhof einfuhr. Kindergarten, Schule, Universität. Ich studierte Chemie. Nach der Promotion ein Essen. In einem feinen Restaurant. Was Kleinbürger für ein feines Restaurant halten. Ein trauriges Fest. Nur Familie. Aber das war keine Familie. Mütterlicherseits: die verwitwete Tante Loisi, bleich, ein überzuckerter Krapfen auf Tortenpapier. Die apathische, wie versteinerte kleine Oma. Väterlicherseits: kein Vater. Er war drei Monate zuvor gestorben. Seine Mutter, »die Kampf-Oma«, eine Frau wie ein Sandsack, der an einer eisernen Kette am Leben hing. Eine Großtante, ebenfalls Witwe, ein geschrumpfter, zerknitterter Mensch, wie aus Pergamentpapier gefaltet. Eine Tante, die jüngere Schwester meines Vaters, Witwe auch sie, so mollig weich und geistlos fröhlich, dass das Leben und später wohl auch der Tod an ihr abprallten wie von der Wand einer Gummizelle. Konnten in dieser Familie nur Frauen nicht sterben?

Dein Vater wäre stolz auf dich, sagte Mutter. Du hast den Titel errungen!

Nein, sagte ich, ich habe mich wie er nur qualifiziert.

Ich neige dazu, mein Leben zu dramatisieren. Ich habe versucht, es nicht zu zeigen. Nicht wehleidig zu sein, auch das eine Mitgift meines Vaters. Niederlagen, Scheidung, Einsamkeit, Verhöhnt-Werden, ja, es ist ein Lebensmorast, man geht ins Leben und tritt nie auf sicheren Grund. Aber: Wer tut das schon? Die glückliche Kindheit ist eine Ideologie der Privilegierten, die Memoiren schreiben. Die Mehrheit aber kämpft um das Leben und erzählt es nicht, oder verliert das Leben und kann es dann erst recht nicht erzählen. Ich spende Geld für Hungernde in Afrika, für Freiheitsbewegungen in Lateinamerika, sogar für die Rettung der Wale. Manchmal frage ich mich, ob ich mit all diesem Geld nicht mir selbst etwas Gutes tun sollte. Aber was? Kann man Glück kaufen?

Ich bin Chemiker. Und ich brauchte Jahre, um zu begreifen, dass das Glück nur synthetisch existiert: so wie blond gefärbte Haare, wenn man nicht blond ist. Das Konkrete, das Natürliche, ist nur die beliebige Trägersubstanz, austauschbares Elend.

Ich war dreißig, als ich Maria kennenlernte. Ich weiß nicht mehr, wie sie wirklich hieß, ich nenne sie jetzt Maria, der einfacheren Erzählung halber. Es war nicht Liebe. Das ist für das Verständnis dessen, was ich erzählen will, wichtig: dass es nicht Liebe war. Kein großes Gefühl schon von Anfang an. Kein Pathos. Ein bisschen Begehren. Die Einsamkeit und ein bisschen Begehren. Da war für einen Mann nicht viel mehr zu erwarten als etwas abstrakter Trost – aber ich sollte bei ihr viel mehr finden.

Als ich zum ersten Mal in ihrem Bett aufwachte, war

Maria schon gegangen. Sie hatte angekündigt, dass sie
sehr früh rausmüsse. Es beunruhigte mich also nicht,
dass sie weg war. Ich war gerade so weit wach, dass
ich es bemerkte, aber noch so schläfrig, dass ich mich
wieder dösend hineinkuschelte in die warme Schlaf-
mulde – und plötzlich erfasste mich ein Glücksgefühl,
so groß, wie man es wohl nur haben kann, wenn man
kein Leben gehabt hat mit Niederlagen und Demüti-
gungen und Verlusten. Ein Glücksgefühl, so groß, wie
man es nur empfinden kann, wenn man im Urvertrau-
en lebt – oder sich sekundenlang in einem aus der Zeit
herausgehobenen Zustand befindet, sozusagen unter
dem Zeitmikroskop, wo alles wirklich ist und doch
nicht Realität, weil es nur eines ihrer Moleküle ist. Ich
hatte das Gefühl, ganz stark zu sein, dabei aber wehrlos, und es war unerheblich, dass ich wehrlos war, ich
fühlte mich geborgen und wusste zugleich, dass ich
Schutz bedurfte, und dass zugleich egal war, was nun
passieren würde, weil dieser Moment unendlich war.
Ich kannte das, was war, zugleich wusste ich nicht, wie
mir geschah, ich war zurückgekehrt an den Ort, in dem
noch niemand war, ins Paradies.

Es ist unmöglich, mit dreißig eine solche Empfin-
dung zu haben, ohne sofort zu versuchen, sie sich zu
erklären, und zu bereuen, dass man sie dadurch unter-
brochen hat.

Was war geschehen? Das Bett roch nach Maria. Wo-
nach roch Maria? Es brauchte einige Zeit, bis mir das
klar wurde: Maria verwendete Chanel N° 5.

Das Bett meiner Eltern. Das Bett meiner Mutter, in
das ich als Kind geschlüpft war, das Gefühl von Ge-

borgenheit, der größten, Ewigkeit, die nur ein Ziel, eine fixe Idee hatte: Zukunft, der Geruch des Glücks.

Fünfundfünzig Sekunden: dann war die Nase Brei. Für ewig. Ingemar Johansson hatte das Nasenbein meines Vaters zertrümmert, die Nebenhöhlenknochen zerschmettert. Die Erstversorgung war laienhaft. Sie steckten ihm Wattestäbchen mit Jod in den blutigen Brei. Die Operation, die notwendig wurde, war stümperhaft. Kosmetisches Einrichten der Nase, ohne zu merken, dass darin Gewebe abstarb. Zu spät wurde auf eine Entzündung der Nasenschleimhäute reagiert. Der Nasenknorpel und die Schleimhäute schmolzen weg. Vater verlor, amtlich bestätigt, neunzig Prozent des Geruchssinns und musste dankbar sein, dass er einen Nasenbeinbruch überlebt hatte. Wie wird das gemessen, neunzig Prozent des Geruchssinns? Wie kann man das sagen? Wieso nicht siebzig oder fünfundneunzig Prozent? Gab es, so wie Fieberthermometer, einen Geruchsverlustmesser? Faktum war: Er konnte nichts mehr riechen. Er sagte: Das war eine andere Welt. In ihr war er nicht mehr zu Hause. Wenn er doch einmal glaubte, etwas riechen zu können, ganz leicht, einen Hauch, eine Ahnung von einem Geruch, dann multiplizierte das Hirn diesen Eindruck und signalisierte: mörderischen Gestank. Wenn er etwas roch, dann musste es unermesslicher Gestank sein, sonst, das wusste er, hätte er es nicht riechen können. Seine Welt war ruchlos, oder sie stank.

Ich saß in Marias Bett. Er ging. Mehr hatte ich auf Nachfrage nie erfahren. Mutter hatte immer nur gesagt: Er ging. Warum? Ich weiß nicht, er ging.

Und nun war es mir klar: Er hatte Mutter nicht mehr riechen können. Wie konnte man glücklich sein, wenn man nicht mehr riechen kann: den Geruch des Glücks.

Meine Mutter hat heute dickes, kastanienbraunes Haar. Sie ist stolz darauf: kein graues Haar. Ihre Nase ist etwas zu groß. Wie auch meine. Familie! Der Mann, den sie gefragt hatte, ob sie nicht zu groß sei, ging. Sie hat mich großgezogen – in einer Duftwolke. Sie ist stolz auf meinen Titel.

Ich arbeite heute als Chemiker und als »Nase«, so nennt man in der Chemie einen Parfumeur, in den Laboratoires Chanel. In Marias Bett hatte ich Witterung aufgenommen, die Fährte des Glücks gefunden. Ich arbeitete danach drei Jahre an einem neuen Duft, der im Grunde nichts anderes war als ein Remix der achtzig synthetischen Bestandteile von Chanel N° 5. Ein Derivat, eine Ableitung, sozusagen ein Sohn des Muttergeruchs, ein Parfum mit Muttermalen. Es wurde ein Welterfolg. Man kann sagen: Weltmeister.

Der Geruch der Zeit. Er heißt: Egoïste.

Die amerikanische Brille

Ich war glücklich, als John F. Kennedy erschossen wurde.

Deborah war entsetzt. »Wie kannst du so etwas sagen?«

Sie hatte eben erst ein Kind verloren (es widerstrebt mir, zu sagen, dass »wir« es verloren haben), hatte drei Tage kaum ein Wort von sich gegeben und redete jetzt über – Kennedy. Wie sind wir darauf gekommen? Kind, Kindheitserinnerungen, Erinnerungen an dramatische Ereignisse, Schock im weltgeschichtlichen Maßstab. Ich weiß es nicht mehr. Ich hörte ihr zu – und doch nicht. Ich war erleichtert und konzentrierte mich darauf, meine Erleichterung nicht zu zeigen. Ich hatte dieses Kind nicht gewollt. Durch Deborahs Schwangerschaft war mir vollends klar geworden, dass ich mit ihr nicht mehr zusammenbleiben wollte. Ein Kind hätte die unausweichliche Trennung nur hinausgezögert, unser Leid vergrößert und es am Ende einem Dritten aufgebürdet.

Debbie aber redete von ihrem Unglück, schritt ihr ganzes Leben ab wie ein Stationendrama voller Schicksalsschläge, und ich dachte, dass ich noch einmal Glück gehabt hatte.

Am Nebentisch lümmelte ein junger Mann, der von Zeit zu Zeit Sätze in sein Handy brüllte, die wie Peitschenhiebe in unser Gespräch knallten.

»Du musst das Hirn ausschalten! Verstehst du?«

Wir saßen im Gasthaus »Zur Eisernen Zeit«, um die Ecke von unserer Wohnung. Meiner Wohnung. Wir hatten, von der Nachuntersuchung bei Debbies Frauenarzt kommend, unmittelbar vor dem Gasthaus einen Parkplatz gefunden und sind, ohne dass wir es vorgehabt hatten, hineingegangen und haben Gulasch und Bier bestellt. Ich war beim dritten Bier, Debbie trank nun Wein, zum ersten Mal seit fast einem halben Jahr. Ihr Gulasch war kalt geworden. Die Wohnung war kalt geworden, wir hatten beide nicht den geringsten Antrieb, nach Hause zu gehen.

»Ich sage es dir noch einmal: Hirn ausschalten! Bitte!«, rief der junge Mann am Nebentisch ins Telefon. Und Debbie: »Wie kannst du so etwas sagen? Wie kannst du damals glücklich gewesen sein?«

Weil es wahr ist, sagte ich. Ich war, als Kennedy erschossen wurde, ein Kind, sechs Jahre alt, und ich war glücklich. Meine Eltern sollten sich erst ein Jahr später trennen.

»Oh mein God! Dann hast du ja gar nichts mitbekommen«, sagte sie, »aber bei uns zu Hause –«

Wie mir ihr »Oh mein God!«-Getue auf die Nerven ging! Debbie war Amerikanerin, das heißt, sie besaß neben ihrem österreichischen auch einen amerikanischen Pass, weil sie in New York zur Welt gekommen war. Ihr Vater hatte dort als junger Diplomat im österreichischen Konsulat gearbeitet. Sie hatte nur ihre ersten vier Jahre in den USA verbracht, später noch vier Jahre in Helsinki, als ihr Vater dorthin versetzt wurde, aber das hatte offensichtlich keine Spuren hinterlassen. Und die acht Jahre in einem Schweizer Internat hatten auch keinen Niederschlag auf ihr Selbstverständnis und ihre Sprache gehabt. Nach ihrem Studium in Wien hatte sie sofort eine Anstellung gefunden – bei der österreichischen Niederlassung einer großen amerikanischen Werbeagentur. Da war sie wieder »zu Hause« angekommen, und ihr leichter amerikanischer Akzent, der zunächst so charmant wirkte, aber völlig unglaubwürdig war, wenn man ihre Biographie kannte, wurde endgültig zur selbstverliebt gepflegten Marotte.

Das stimmt nicht, sagte ich. Ich habe es sehr wohl mitbekommen. Ich weiß zwar nicht mehr, was genau ich in dem Moment getan habe und wo ich gerade war, als die Nachricht kam, aber ich habe es doch mitbekommen. Meine Mutter umarmte mich, dann umarmte Vater meine Mutter. Es gab keinen Streit, alles war gut. Wir waren eine glückliche Familie, es war so innig. Deshalb war ich glücklich, während dauernd von »Kennedy« die Rede war. Ich habe begriffen, dass es um den amerikanischen Präsidenten ging. Auch in der Schule wurde darüber geredet. Ich hatte Mitschüler, deren Väter oder Großväter in amerikanischer oder in russischer Kriegsgefangenschaft gewesen waren und davon erzählt hatten, und da waren sich alle Kinder einig: Es war besser, wenn man in amerikanische Gefangenschaft kam.

Der Nebentisch: »Das ist ein mentales Problem! Verstehst du?«

Der Junge hatte pomadisiertes, zu Igelstacheln gezwirbeltes Haar, das wie aufgesetzt wirkte auf der

Glatze, die er bald bekommen würde. Alles an ihm war eine Spur zu groß. Der Anzug, der Hemdkragen, der Krawattenknoten. Die Schuhe, die so aussahen, als hätte er erst wenige Stunden zuvor im Schuhgeschäft gesagt: »Ich lasse sie gleich an!«

»Ich war erst vier«, sagte Debbie, »es war kurz bevor mein Vater nach Österreich zurückgerufen wurde. Aber ich habe ganz deutliche Erinnerungen daran: Es war wie ein Weltuntergang!«

Dass dein Vater zurückgerufen wurde?

»Nein, das Attentat! Es war das Ende meiner Kindheit!«

Mit vier Ende der Kindheit?

»Ja!«

Unmittelbar bevor ihr nach Österreich zurückmusstet?

»Ja!«

Ach, hör doch auf! dachte ich.

Ich hatte in der ersten Klasse einen Banknachbar, der Oswald hieß. Ich kann mich erinnern, dass ich meine Mutter damals mit klammer Stimme gefragt hatte, ob er mit dem Mörder von Kennedy verwandt sei. Meine Mutter ist mir lächelnd durchs Haar gefahren, hat mich geküsst und gesagt: Nein, sicher nicht. Das hatte ich natürlich selbst gewusst, so blöd war ich mit sechs ja auch nicht mehr, dass ich im Ernst geglaubt hätte, dass ein Mitschüler in Wien, mit Vornamen Oswald, verwandt sein könnte mit einem amerikanischen Attentäter, dessen Familienname Oswald war. Aber ich wollte in der damaligen Situation, deren Dramatik ich spürte, irgendwie signalisieren, dass ich auch teilhatte an der nervösen Verstrickung aller in das allgemeine Bangen und den Weltschmerz.

Debbie schob ein Stück Fleisch auf ihrem Teller hin und her, legte dann die Gabel ab.

Der junge Mann am Nebentisch hatte nun die Beine übereinandergeschlagen, er saß mir halb zugewandt und wippte mit dem Fuß, während er mit dem Ausdruck wachsender Ungeduld das Handy an sein Ohr presste. Sein vor- und zurückzuckender Fuß kam mir immer wieder gefährlich nahe. Man saß sehr eng in der »Eisernen Zeit«. Ich zog meine Füße zurück und beugte mich etwas nach vorn. Jetzt hatte ich eine Haltung angenommen, die mehr ein Hocken als ein Sitzen war. Ich musste an Hockgeburt denken – dann an die Position eines Urmenschen im Hockgrab.

Die Wahrheit ist, dass das Kind nie existiert hatte.

Als Debbies Regel ausblieb, kaufte sie in der Apotheke drei verschiedene Schwangerschaftstests. Da war sie wieder ganz amerikanisch: check, recheck, double check. Alle drei waren positiv. Als sie mir dies mitteilte, war ich sprachlos – und hatte augenblicklich Bilder im Kopf, aber das Eigentümliche war, dass diese Bilder schwarzweiß waren wie ein sehr alter Film, den man schlaflos und mit betrunken-trübem Blick nach Mitternacht im Fernsehen sieht. Ich sah mich aufstehen, Debbie freudig umarmen, ganz der glückliche werdende Vater, gerührt, und für jeden Zuschauer rührend. Ich wusste: Genauso vorbildlich wie diese Bilder sollte ich jetzt wirklich reagieren. Aber da wurde der Film verschwommen, bis die grau wabernden Schatten wieder etwas schärfere Konturen bekamen, und ich sah, wie ich da saß und Debbie fragte, ob sie das Kind wirklich haben wollte. Ob es nicht gerade jetzt sehr ungünstig käme und ob sie nicht lieber abtreiben wolle. Nicht dass ich hörte, dass ich das sagte, ich sah mich vielmehr wie in Zeitlupe etwas sagen, Mund auf und zu, und ich wusste, dass es das war, was ich sagte. Aber waren das wirklich Debbie und ich in diesem alten Film? Plötzlich dachte ich: Das sind ja meine Eltern! Wie jung sie da waren!

Ich weiß nicht, wie lange diese Schatten vor meinen Augen tanzten, es kam mir sehr lange vor, aber es werden wohl nur ein paar Sekunden gewesen sein – und wahr wurden dann beide Varianten: Ich fragte Debbie, ob sie nicht abtreiben wolle, fühlte mich dabei augenblicklich wie ein Schwein, und als sie in Tränen ausbrach, stand ich auf, zog sie vom Küchenstuhl hoch, umarmte sie und sagte heroisch: Wir werden es schaffen!

Debbie entwickelte sehr rasch alle Symptome einer Schwangerschaft, von Übelkeitsattacken bis zu den Gelüsten. Ihr Bauch und ihre Brüste wuchsen. Bereits im vierten Monat musste ich Debbie in ein Fachgeschäft für Umstandsmode begleiten. Debbies Frauenarzt war mit dem Verlauf der Schwangerschaft sehr zufrieden. Wie im Bilderbuch, sagte er immer wieder, wie im Bilderbuch. Ich weiß nicht, welche Bilderbücher Ärzte haben, aber ich wunderte mich: Ich kannte Frauen, denen man noch im sechsten oder siebten Monat ihre Schwangerschaft nicht angesehen hatte. Aber Debbie war bereits im fünften Monat eine Schwangere, für die ältere Menschen in der Straßenbahn aufstanden. Und wenn sie am Abend ihre Stützstrümpfe von den Beinen schälte und ins Bett kam, legte sie ihre Hand auf den Bauch und sagte: »Oh mein God, es ist so aufregend. Ich kann ihn spüren!«

Alleine wie sie »aufregend« sagte: das -regend klang wie eine Adjektivform von Reagan.

Warum sagst du immer »ihn«?

»Ich denke, es wird ein Junge!«

Sichtlich genervt brüllte der Mann am Nebentisch: »Du musst endlich vernünftig werden! Du musst das Hirn ausschalten!«

Gegen Ende des sechsten Monats empfahl Debbies alter Frauenarzt eine Ultraschall-Untersuchung. Es könne da ein Problem geben, er wolle uns nicht beunruhigen, aber er sei sich in Hinblick auf die Lage des Embryos nicht sicher und schlage vor, eine medizinische Koriphäe zu konsultieren, um den bestmöglichen Befund zu bekommen. Dieser berühmte Arzt, bei dem er uns einen Termin verschaffen könne, nehme allerdings keine Krankenscheine, sondern müsse privat bezahlt werden.

Es war klar, dass ich bei Debbie mit dem Verdacht, dass sich Ärzte da Geschäfte zuschanzten und überbesorgten Patienten einfach das Geld aus der Tasche zögen, nicht durchkam.

Hatte deine Mutter eine Ultraschalluntersuchung, als sie mit dir schwanger war? Na eben. Meine Mutter auch nicht. Und da stehen wir mit geraden Gliedern und –

»Weißt du, an wen du mich erinnerst? An diese Idioten, die als Kinder geschlagen wurden und später sagen: Das hat mir auch nicht geschadet!«

So kam es zu dem Drei-Minuten-Film mit einem Phantom.

Es waren nur Schemen zu sehen, in verschiedenen Grauabstufungen, die langsam vorüberzogen.

»Wir hatten damals in den Staaten schon einen Fernsehapparat«, sagte Debbie.

Manchmal wurde das Bild oder ein Teil des Bildes blitzartig ganz weiß, wie überbelichtet, dann formten sich wieder hell- und dunkelgraue Konturen, die sich ruckartig über den Bildschirm bewegten.

»Immer wieder habe ich diese Filmsequenz angestarrt. Immer wieder. Immer wieder.«

Noch einmal. Als würde der Film zurückgespult. Als würde jetzt ein Bildausschnitt vergrößert. Ein grobkörniger Schatten, der sich nun wie in Zeitlupe durch das Bild bewegte.

»Hm«, sagte der Doktor, dann noch einmal »Hm.«

Ich konnte nichts erkennen. Ich wurde wütend. Ich starrte auf den Monitor, während der Arzt mit einem Stift langsam auf Debbies Bauch hin- und herfuhr. Debbie wollte sich aufrichten, um besser hinsehen zu können, sie lächelte in seltsamer Verzückung: »Kann man schon das Geschlecht erkennen?« Die Schwester legte ihr die Hand auf die Stirn, drückte ihren Kopf sanft zurück. Nichts zu sehen. Ich hatte es gewusst. Nur Hokuspokus. Entmenschte Technikmedizin. Rausgeworfenes Geld.

»Mhm«, sagte der Doktor, und: »Vielen Dank. Sie können sich anziehen.« Wir wurden gebeten, im Wartezimmer kurz Platz zu nehmen, der Befund für den behandelnden Arzt würde gleich ausgefertigt werden.

Während wir warteten, wurde Debbie immer nervöser. »Irgendetwas stimmt da nicht«, flüsterte sie. »Da ist etwas faul!«

Da hätte der Doktor doch etwas gesagt, sagte ich.

Ihre Stimme wurde lauter: »Da stimmt etwas nicht! Was hast du gesehen? Du hast doch auf den Monitor sehen können. Was? Bitte! Was hast du gesehen?«

Ich machte eine beruhigende Handbewegung. Jetzt schrie Debbie: »Was. Hast. Du. Gesehen?«

Nichts, sagte ich leise. Schrei nicht so! Ich meine, ich bin ja kein Experte, unklare Konturen …

»Unklare Konturen?«, nun stiegen ihr die Tränen hoch.

Wie soll ich sagen? Ich weiß ja nicht, wenn da ein Fleck zu sehen ist, ob das ein Stück Leber ist oder –

»Mein Baby ist kein Stück Leber!«, schrie Debbie, entzog mir ihre Hand und holte gegen mich aus – als plötzlich die Schwester neben ihr stand und ihr einen Umschlag in die hochgestreckte Hand legte. Es war wie ein Kameraschwenk zum Himmel, als ich den Kopf hob, von Debbies schmerzverzerrtem Gesicht hinauf zu ihrer Hand schaute, zum Umschlag und weiter zu dem seltsam entrückt lächelnden Gesicht der Schwester. Wie Wölkchen ihre hellen Augen, das sonnenblonde Haar. »Ihr Arzt wird Ihnen den Befund erklären und alles mit Ihnen besprechen!«

Debbie sah den Umschlag an, er war an ihren Frauenarzt adressiert und zugeklebt. Sofort riss sie ihn auf.

Lass das, flüsterte ich. Du kennst dich doch auch nicht aus, du verstehst das nicht. Komm, komm!

Ich zog sie aus der Ordination hinaus. Im Lift las sie

den Befund, während ich sie im Spiegel der Liftkabine beobachtete. Auf der Straße setzte sie sich auf die Kühlerhaube eines parkenden Autos und weinte. Es war ein schreckliches Weinen, das sie völlig entstellte.

Debbie beugte sich rüber zu dem Mann am Nebentisch und fragte, ob sie eine Zigarette haben könne. Der Mann nickte, deutete einladend auf das Päckchen, das vor ihm lag, und sagte ins Telefon: »Du denkst zu viel. Du musst dir denken: Das hilft jetzt alles nichts!«

Fängst du wieder an? fragte ich.

»Immer wieder haben wir im TiVi diese Bilder gesehen«, sagte Debbie, »diese Abfolge von Schemen, im Schnelldurchlauf, in Zeitlupe, in Superzeitlupe, einzelne Bilder herausvergrößert, noch einmal und noch einmal wiederholt, was war da zu sehen? Ich sah nichts, aber ich wusste –« Sie zog an der Zigarette und schüttelte den Kopf. »Und mein Vater sagte … weißt du, was seltsam ist? Das war das erste Mal in meinem Leben, dass ich sofort wusste, unmittelbar während es geschah, dass ich mich ewig daran erinnern werde. Kennst du das? Diese Momente, in denen man sich plötzlich von außen sieht und zugleich schon als künftiges Erinnerungsbild?«

Ja, sagte ich. Was hat dein Vater gesagt?

»Die schönsten Hoffnungen für die Menschen auf der ganzen Welt – in einem kurzen Augenblick zunichte gemacht! Das hat er gesagt. Kannst du dir vorstellen, was das für ein Kind bedeutet, wenn es hört: Ab jetzt gibt es nur noch Trauer und Hoffnungslosigkeit auf der Welt? Kannst du dir das vorstellen? Wenn das zur ersten klaren Erinnerung eines Menschen wird?«

Sie machte eine wegwerfende Handbewegung, mit der sie ihr Weinglas umstieß. Ich sprang auf, der Mann am Nebentisch hatte plötzlich ein Päckchen Papiertaschentücher in der Hand, reichte es Debbie und schrie ins Telefon: »Weißt du was? Ich kann dir nicht helfen!«

Lass uns gehen, sagte ich.

Debbie tupfte mit Taschentüchern die Weinlache auf dem Tisch auf, schüttelte langsam den Kopf. Die Kellnerin kam, wischte den Tisch sauber, brachte frischen Wein. Debbie bestellte Zigaretten. »Ich habe doch noch welche! Hier! Bitte!«, sagte der Mann vom Nebentisch.

»Oh, das ist sehr nett!«

»Amerikanerin?«

Debbie lächelte.

»Ihr Deutsch ist sehr gut!«

»Danke!«

Es ist nie ein Kind in Debbies Bauch gewesen. Es war eine Scheinschwangerschaft. Ein sogenanntes Luftei. Aber der Körper reagiert zunächst wie auf eine echte Befruchtung. Es wächst der Bauch, der Busen, und offenbar umso stärker, je mehr die Frau sich in ihre Schwangerschaft hineinlebt, sich darauf konzentriert. Es war gespenstisch – und ich würde es keinem glauben, wenn ich es nicht selbst erlebt hätte: Als Debbie erfuhr, dass es nur eine Scheinschwangerschaft war, bildeten sich ihr Bauch und Busen innerhalb von drei Tagen vollkommen zurück, und sie sah wieder aus wie vorher. Es war wie ein Rückspulen im Zeitraffer.

In diesen drei Tagen, und auch jetzt, sah ich sie immer wieder wie in einem sich zurückspulenden Film. Wenn sie redete, sprach sie Sätze nicht aus, sondern saugte sie ein, und wenn sie gestikulierte, holte sie nicht aus, sondern führte die Hände zu ihrer Brust zurück.

»Das Bild, das ich am deutlichsten in Erinnerung habe: wie die First Lady während der Fahrt aus dem Fond des offenen Wagens klettert und über das lange Heck des Autos nach hinten kriecht. Dann ging die Kamera hoch, und –«

Ich habe es anders in Erinnerung. Sie hat sich über ihren Mann geworfen.

»Ja, zuerst. Vielleicht. Aber dann ist sie gegen die Fahrtrichtung über das Heck des Autos zurückgekrochen. Und die Kamera ging hoch, vielleicht dorthin, wo der Kameramann den Schützen vermutete, und da explodierte die Sonne im Bild, die texanische Sonne.« Sie trank ihr Glas aus, gab der Kellnerin ein Zeichen. Wieder war eine Szene zurückgespult: Plötzlich war ihr Glas wieder voll.

»Ich habe einmal gelesen, dass Menschen, die tot waren, aber wieder zurückgeholt werden konnten, berichteten, dass sie ein ganz starkes Licht gesehen hätten, eine Lichtexplosion. Da musste ich auch an die Bilder von der Ermordung Kennedys denken.« Sie trank. »Nur, dass er nicht zurückgekommen ist.«

Das Attentat war doch im November?, sagte ich.

»Ja. November 1963.«

Seltsam.

»Warum?«

Weil es kein Novembertag war, sagte ich.

»Oh doch! Genau einen Monat nach meinem vierten Geburtstag. Also der 22. November, okay?«

Ja, sagte ich. Sie verstand nicht, was ich meinte. Der Tag war nicht trüb und grau, kein typisches Novemberwetter. Die Erde, dachte ich, musste sich damals besonders nahe an der Sonne befunden haben, weil alles so grell, so überbelichtet erschien. In meiner Erinnerung war es eine Zeit der Blendungen. Ich sehe mich neben meinen Eltern stehen, mit zusammengekniffenen Augen, blinzelnd, sie reden mit anderen Erwachsenen, denen sie gerade auf der Straße begegnet sind, sie alle tragen Sonnenbrillen, meine Mutter hat eine besonders schicke Brille: Statt Gläsern hatte sie Jalousien! Eine moderne Brille aus Amerika! Mit dieser Brille sah man die Welt mit anderen Augen, und man wurde auch anders angesehen: Das war damals etwas, eine amerikanische Brille!

Der Mann am Nebentisch sagte: »Kannst du bitte endlich dein Hirn einschalten? Kannst du das endlich begreifen? Du musst das vergessen!« Dann sagte er: »Weißt du was? Komm her! Ich bin in der Eisernen Zeit. Das Gequatsche hat doch keinen Sinn. Komm her und ich erklär' dir alles!«

Das Bier schmeckte mir nicht mehr. Gehen wir nach Hause?, fragte ich.

Debbie sagte etwas, vor ihrem Gesicht verschwebte Rauch. Schall und Rauch. Ich bestellte ein Glas Wein. Debbie deutete der Kellnerin: Zwei!

Ich sah meine Mutter vor mir, mit der amerikanischen Brille, und ich hatte den Eindruck, dass sie in die Zukunft sehen konnte. Und dann sah ich sie vor mir, wie sie mich anschaute, die Jalousien der Brille warfen Schatten auf ihre Augen, und sie sagte: »Kennedy hätte uns den Weltfrieden bringen können!«

Das hatte ich nicht verstanden, weil das Kind, das ich war, ohnehin glaubte, in Friedenszeiten zu leben, ich kannte nichts anderes. Es gab zwar noch kriegsbeschädigte Gebäude in Wien, zum Beispiel das schwarze Geisterhaus in der Schiffamtsgasse, in unmittelbarer Nähe zu dem Haus, in dem meine Großeltern wohnten. Diese Ruinen erschienen mir damals älter als die Prachtbauten auf der Wiener Ringstraße. Graue Vorzeit.

Kennedy hat den Vietnam-Krieg begonnen, sagte ich. Und Kuba überfallen. Die Welt an den Rand eines Atomkriegs geführt.

Ich hatte erwartet, dass Debbie nun aufbrausen, die USA als Schutzmacht der freien Welt gegen den Kommunismus verteidigen würde. Und hatte diese Politik nicht historisch recht behalten, okay? Aber sie sagte nichts, rauchte, sah ihr Glas an, ihre Augen sahen aus wie rot umrandet.

Ich fragte mich, wann Debbie mir endlich die Gelegenheit geben würde, ihr zu sagen, dass ich mich von ihr trennen möchte. Ohne dass sie es als brutale Gefühllosigkeit in einer Situation empfinden würde, in der sie so besonders labil war und meiner Solidarität und Hilfe wie nie zuvor bedurfte.

Plötzlich sagte sie: »Die Uhr tickt! Gnadenlos!«

Sie sah mich an, sagte: »Ich werde bald vierzig. Das war vielleicht meine letzte Chance.«

Ich durfte jetzt nicht gefühllos sein. Zugleich wünschte ich mir genau dies: gefühllos sein zu können – meine überreizten Nerven nicht zu spüren, das einschnürende Gefühl der Beengtheit nicht zu haben, mich nicht so hilflos zu fühlen, keine Aggressionen zu empfinden.

Da kam eine junge Frau mit einer großen Sonnenbrille ins Lokal und sah sich um. Ich dachte sofort: Diese Frau wurde geschlagen. Diesen Gedanken hatte ich fast immer, wenn ich Frauen sah, die in Innenräumen Sonnenbrillen trugen. Sie schaute lange, die dunklen Gläser wie Scherben auf toten Augen. Dann kam sie her, begrüßte unseren Tischnachbarn mit Küsschen und sagte: »Hallo Ollie!«

»Du sollst nicht Ollie sagen!«

Sie hatte eine Tätowierung am Oberarm: da stand »Oliver«.

Eine Kuh mit Brandzeichen! Dachte ich.

»Verstehst du?«, sagte Debbie. »Verstehst du? Es beginnt ein neues Jahrtausend – und ich werde in den Wechsel kommen!«

Ich sah hinüber zu Ollie und der Kuh. Die beiden waren –

»Verstehst du mich nicht? Ich werde vierzig und –«

Ich sah Debbie an. Es gibt wenig, das abstoßender ist als der Schmerz im Gesicht eines Menschen, für den man kein Mitgefühl mehr aufbringt. Ich sagte: Und wenn du neununddreißig werden würdest, was wäre anders? Oder achtunddreißig? Siebenunddreißig?

Ich stand auf. Sechsunddreißig, sagte ich. Ich stützte mich auf dem Tisch auf und beugte mich zu ihr hinunter. Fünfunddreißig. Vierunddreißig. Ich richtete mich auf, warf einen Geldschein auf den Tisch. Dreiunddreißig, schrie ich. Oliver und sein Mädchen sahen mich erstaunt an. Zweiunddreißig. Na?

Debbie machte begütigende Handbewegungen. Okay, sagte sie, okay!

Ich spürte ein Glühen, ein heißes Licht in meinem Bauch. Ich ertrug es fast nicht. Ich wollte mich zusammenkauern. Oder den Tisch umwerfen. Jetzt, rückblickend, denke ich: Das war vielleicht die eingeschnürte Sehnsucht. Nach einem Kind. Das ich gewesen bin. Sehnsucht nach der Zeit, in der die amerikanische Brille eine Modetorheit war, vor allem aber ein Symbol für den Ausblick auf eine helle Zukunft. Ja, es war sicher diese Sehnsucht. Ich bin doch damals glücklich gewesen.

Zweiunddreißig, sagte ich, ja, da vielleicht, da wäre es anders: Mit zweiunddreißig hättest du Nein sagen können. Zu mir. Nein. Einunddreißig – da hättest du …

Ich zuckte mit den Achseln, drehte mich um und ging. Dreißig, neunundzwanzig, achtundzwanzig, siebenundzwanzig – als ich an der Tür des Gasthauses war, spürte ich die Hand Debbies an meinem Oberarm. Ich zog die Tür auf, sie krallte sich in den Stoff meines Sakkos, zog mich zurück. Ich sah sie an, sie schaute mich an, ihre Augen wie runde trübe Gläser.

Das war ich nicht. So konnte ich nicht sein. Ich machte kehrt und setzte mich wieder mit ihr an den Tisch.

Deborah und ich ließen uns eineinhalb Jahre spä-

ter scheiden. Ich überließ ihr die Wohnung. Ich nahm
eine Gastdozentur an der New York University an. Ich
wollte nur weg von Wien. Ende August 2001 kam ich
in New York an. Ich hatte das Gefühl, eine Lebenska-
tastrophe überstanden zu haben. Ich hatte die schönsten Aussichten.

Glück in Luxemburg

Ein Tag in Luxemburg ist lang. Einstein muss die Idee zur Relativitätstheorie in Luxemburg gehabt haben. Dass die Zeit sich gleichsam zurücklappen kann. Ein Phänomen, das unverständlich ist, sich aber doch empirisch immer wieder bestätigt. In den Weiten des Alls und eben in Luxemburg.

Ich hatte alles erledigt, weswegen ich nach Luxemburg gekommen war, aber ich musste noch warten. Mein Rückflug nach Wien ging erst am nächsten Tag. Warten. Warten. Ich kann zwar Fliegen etwas zuleide tun – wenn ich sie erwische, aber ich kann Zeit nicht totschlagen. Schon gar nicht die Luxemburger Zeit. Was immer ich versuchte – sie taumelte, sie röchelte, sie sank langsam nieder. Aber jedes Mal erhob sie sich aufs neue, frisch und zäh, begann – als wäre sie noch kein bisschen vergangen.

Ich hätte das Finale der Fußballeuropameisterschaft 2004 gerne zu Hause gesehen, mit Freunden vor einem großen Bildschirm. Doch ich musste warten, warten, bis ich endlich, alleine in einem Hotelzimmer, den grindigen Portable einschalten konnte, ein Gerät aus vergangenen Tagen, aber: Hier vergehen sie ja nicht.

Ich glaube nicht, dass man an einem Tag eine Stadt kennenlernen kann. Ich versuchte es daher auch nicht. Ich besuche keine Kirchen, ich gehe auch zu Hause in keine. Museen? Ermüden mich. Hat Luxemburg überhaupt Museen? Solche, die man gesehen haben muss? Ich muss nichts sehen. Ich wollte das Finale sehen.

Ich saß in einem Straßencafé. Noch vier Stunden. Müde Fliegen torkelten durch den Luftraum. Ich trank Rosé. Der einzige Mensch, den ich in Luxemburg kannte, trank immerzu Rosé-Wein. Ich dachte, das macht man hier so. Die Zeit verging nicht. Ich musste etwas tun. Ich ging in ein anderes Café. Trank Rosé. Meine Stimmung wurde immer bewölkter. Dichte Wolken zogen auf, stapelten sich zu grau-schwarzen Türmen. Luxemburg ist klassisch: Wie im alten Bildungsroman will das Wetter zur Befindlichkeit des Helden passen. Ich sah auf die Uhr. Ich überlegte, einen Uhrmacher zu suchen. Meine Uhr schien zu stehen. Am Nebentisch eine Frau. Sie war schön. Es hat keinen Sinn, eine Frau zu beschreiben, die man schön findet, so dass jeder sie schön findet, während ein anderer sie in Wirklichkeit vielleicht nicht schön findet. Wer für alle schön ist, ist eine Puppe. Diese Frau war keine Puppe, ich fand sie schön. Sie hatte ein Geheimnis. Aber das hat im Grunde jeder, den ich nicht kenne. Ich trank Rosé. Total luxemburgisch. Die Frau am Nebentisch war hier bekannt. Die Kellnerin nannte sie beim Namen. Corinne. Das Café hatte eine sehr große Glasfront. Die schwarzen Wolkentürme standen in der Luft, als würde sich die Skyline von Manhattan im Himmel über Luxemburg spiegeln.

Ich zahlte und ging. Ging. Ich war schon betrunken. Es ging. Es gab einen Knall. Plötzlich war ich in einem Café, als hätte mich eine Druckwelle hineingeschleudert. Ich ließ mich an einen Tisch am Fenster fallen

und sah – einen Wolkenbruch, so heftig, dass ich zum
ersten Mal den Begriff »Wolkenbruch« angemessen
fand. Es knallte und krachte, in Sekundenbruchteilen
wurde es finster, ganz schwarz von den Wolkenbruch-
stücken, die, mit unermesslicher Energie vor die Sonne
geschleudert, den Tag verdunkelten, und dann stürzte
das Wasser herunter, es regnete nicht, es stürzte Wasser herunter. Die Lüster im Café flackerten, ich schaute aus dem Fenster und wusste, dass das Warten jetzt
seinen Inhalt bekommen hatte: Das musste ich abwarten, diesen – ja: diesen Wasserfall, bis ich überhaupt
daran denken konnte, zum Hotel zurückzugehen. Da
stand plötzlich ein Mann auf der Straße, mitten auf
der Straße, und er streckte seine Hände zum Himmel,
begann sie langsam zu schwenken, mit den Fingern zu
schnippen, etwas schneller, die Füße folgten den Be-
wegungen seines Oberkörpers, sehr ebenmäßig, fast
statuenhaft waren seine Gliedmaßen, die sich unter
dem völlig durchnässten und an seinem Körper kle-
benden Gewand abzeichneten, und – er tanzte Sirtaki.
Seine Musik war nur das Geknalle der Regentropfen,
sein Tanzpartner lediglich eine imaginäre Menschheit,
der er die Arme um die Schultern legte, während er
vorsichtig einen Schritt nach dem anderen nach rechts
und nach links und wieder nach rechts setzte; ein Auto
kam, ein zweites, dann eines aus der Gegenrichtung,
sie blieben stehen vor diesem Mann, der mitten auf
der Straße tanzte, sie hupten nicht, sie standen da, ich
konnte in diesem Regen die Menschen nicht sehen, die
in den Autos saßen, aber ich sah die Scheibenwischer,
sie korrespondierten mit den Schwenkbewegungen

der Arme des tanzenden Mannes – war er betrunken? Er war besoffen, völlig durchgesoffen vom Regenglück, das abrupt endete, in einem Lichtblitz, der zu einem Standbild des Lichts wurde, Lichtbahnen zwischen Schattenecken, die Straße begann augenblicklich zu dampfen, wie auf diesen Popstarbühnen mit ihren Nebelwerfern, und plötzlich sah ich, dass der Mann ein himmelmeerblaues T-Shirt trug, das nun aufleuchtete, darüber sein weißes Gesicht mit dunklem Bartschatten, klatschnasses pechschwarzes Haar; der Mann steppte zur Seite, die Autos fuhren langsam an, rollten weiter. Da wusste ich: Ich musste auf Griechenland setzen, alles. Sofort. Ich zahlte und lief hinaus, suchte ein Wettbüro. Aber wenn man die Stadt nicht kennt …

Noch eine Stunde. Kein Wettbüro. Nur geschlossene Geschäfte. Hotel! Internet! Ob ich – Ja, ich durfte. Im Büro des Hotels. Die Zeit lappte sich. Begann zu blitzen und zu rasen. Googeln »Sportwetten«. Antwort. Öffnen. Einwählen. »Betandwin.com«. Die Quote war 1: 6,8 bei Sieg Griechenland. Sofort ging ich online in mein Bankkonto. Wenn ich zehntausend oder noch mehr gehabt hätte, ich hätte sie gesetzt. Ich hatte zweiacht. Also beschloss ich, zweitausend zu setzen. Ich war mir sicher. Nicht ganz, sonst hätte ich alles gesetzt, aber doch sicher genug für fast alles. Zurück zu Betandwin. Man musste eine Erstanmeldung machen. Formulare ausfüllen. Bedingungen akzeptieren. Mittlerweile war die Quote für Griechenland sogar noch besser geworden. Offenbar hatten alle in letzter Minute auf Portugal getippt. Dann flog ich aus der Leitung.

Neu einwählen. Wieder alles von vorne. Dann brach wieder die Verbindung zusammen. Magisch denkend, wie es meine Art ist, sagte ich mir: Es soll wohl nicht sein. Ich ging auf mein Zimmer. Holte eine Flasche Bier aus der Mini-Bar, dazu eine Packung Nüsschen, schaltete den Fernsehapparat ein – – – und sehe fassungslos, wie Griechenland gewinnt.

Kein Glück im Spiel! Das konnte nur eines bedeuten, dachte ich, als ich zurück zum Café ging, im leichten Regen, nicht im Nassen, sondern im Sprühen, kein Glück im Spiel, das hieß – und ich hätte alles darauf gesetzt, zweitausendachthundert auf Corinne – – – Wo war dieses verdammte Café? Ich wollte ankommen. Abfliegen. Da! Ich stieß die Tür des Cafés auf. Luxemburg ist ein seltsames Land.

Ewige Jugend

Mein Vater war entsetzt, als ich ihm sagte, dass ich heiraten wollte und dass Tag und Ort schon feststünden. Er wiegte den Kopf, mit seinem typischen Gesichtsausdruck, in dem sich Abscheu, Verständnislosigkeit und Resignation mischten. Solange er mir gegenüber immer wieder dieses Gesicht machte, wusste ich, dass ich in seinen Augen noch immer nicht als erwachsen gelten konnte.

Es war nicht die Tatsache, dass ich heiraten wollte, die ihn so erschütterte. Er hatte auch nichts gegen die Frau, die ich heiraten wollte. Ihn störte der Hochzeitstermin. Ausgerechnet dieser Tag. Wie kann man an diesem Tag heiraten, rief er und wiegte den Kopf. Was hast du dir dabei gedacht? Er tippte sich an die Stirn. Gar nichts hast du dir gedacht, wie immer.

Ich hatte erwidert, dass es ein Tag wie jeder andere sei –

Ein Tag wie jeder andere? Dieser Tag?

Ich verstehe nicht, was du meinst. Wir wollen heiraten, möglichst bald, und der 9. 11. ist der nächste freie Termin am Ischler Standesamt.

Das war kein gutes Argument, allerdings zugleich auch das beste: Mehr war nicht dahinter gewesen, als wir uns auf diesen Tag geeinigt hatten.

Mit Grabesstimme sagte mein Vater, dass die ganze Familie zweifellos fröhlich und ausgelassen feiern und sich ewig an diesen glücklichen Tag erinnern werde –

Na hoffentlich!

Er bat mich, noch einmal darüber nachzudenken. Der neunte November! Er wolle mir noch eine Chance geben. Ich möge nachdenken! Ob das wirklich ein passender Tag sei?

Ich sagte, dass ich lange und gründlich genug nachgedacht hätte. Ich wolle heiraten, und ich würde es am vereinbarten Tag tun.

Der neunte November, sagte mein Vater, und er betonte jede Silbe, ist der Jahrestag der sogenannten Reichskristallnacht – und mein Sohn will ihn zum Freudentag machen, zum glücklichsten Tag seines Lebens.

Pah! Geschichte!

Warum fiel mir das jetzt ein, Jahre später, in Paris, während eines Gesprächs mit meinem Jugendfreund Michel?

Wir saßen in einem Café in der Nähe von Les Halles, ich war auf eine belanglose Weise depressiv und eben deshalb glücklich, weil Michel wieder einmal das Talent bewies, so viele objektive Gründe für Depressionen aufzuzählen, dass folglich jeder als unglücklich gelten musste, der nicht depressiv war. Ein Sonnenstrahl fiel durch die große Glasscheibe herein, traf mein Gesicht, das nun heiß wurde, ich schloss die Augen und öffnete sie erstaunt erst wieder, als Michel, der inzwischen immer weitergeredet hatte, plötzlich sagte, dass die Jugend ein Lichtspiel sei und glücklich am Ende nur der, in dessen Alter nicht nur die unvermeidlichen

Schatten, sondern immer noch ein Strahl dieses Lichts falle.

Es ist schwer, von einem Wochenende in Paris zu erzählen, richtig zu erzählen, so wie ein Erzähler es tut, wenn man die meiste Zeit mit einem Philosophieprofessor verbringt, der genüsslich seinen Lebensekel zelebriert und kein Streichholz anreißen kann, um einem höflich Feuer zu geben, ohne gleichzeitig eine These über die Kälte zu entwickeln. Fast alle Pausen zwischen den Vorträgen des Kongresses waren wir zusammen, die Zeit während der langweiligen Vorträge saßen wir in Cafés, und am Abend war ich ihm erst recht ausgeliefert, da ich bei ihm privat untergebracht war. Es war eine Freundschaft, die so künstlich war, wie er behauptete, dass es die Welt insgesamt sei – sie beruhte auf zwei Jahren in unserer Schulzeit, die er, damals Sohn eines französischen Diplomaten in Österreich, im selben Internat wie ich verbracht hatte. Es war eine Zeit, die, da gebe ich ihm recht, zweifellos sein wie mein Gemüt unglücklich geprägt hatte – und nur darauf beruhte das, was wir nach unserer späten Wiederbegegnung mit einiger Altersmilde unsere »Freundschaft« zu nennen beschlossen.

Aber wie nicht davon erzählen, wenn ein Lichtstrahl durch die Glasscheibe eines Cafés in Paris und gleichzeitig der eigentümliche Satz von den »Lichtspielen der Jugend« wie zwei mächtige Hammerschläge eine Mauer niederrissen, die eben noch das Leben auf ewig zu teilen schien: Elend diesseits, Zynismus drüben, oder umgekehrt.

Kindheit ist die Zeit der Unschuld, die man zu Recht

vergisst, um später als Erwachsener überhaupt leben zu können, sagte ich, und Michel winkte ab. Da hätte ich schon aufhören können. Aber das musste ich erzählen. Lichtspiele, sagte ich, hör zu. Ich verbrachte meine Kindheit zufällig in Bad Ischl, einem Städtchen im Herzen der österreichischen Provinz, das der bevorzugte Sommerurlaubsort des ehemaligen Kaisers von Österreich gewesen war. Jedes Jahr besuchen Zigtausende Menschen aus aller Welt Bad Ischl, um an einem Ort Urlaub zu machen, der geprägt ist von Diensteifrigkeit gegenüber Touristen, der aber dabei nur gewillt ist, an einen einzigen Touristen zu erinnern: an den toten Kaiser. Sein altes Reich ist geschrumpft auf die Größe dieses Städtchens, das die Erinnerung an das Vergangene zu seiner Geschäftsgrundlage gemacht hat, und mein Reich der Kindheit hatte noch nicht einmal dessen Größe: Ich habe eine dunkle Erinnerung an eine Straße, die an einem Fluss entlangführte, einen Kai, der wie eine archaische Grenze die Grenze meiner Welt markierte: Ich wusste nicht, was sich auf der anderen Seite der Brücke, hinter der Kulisse der Villenzeile am anderen Flussufer befand. Die Stadt der Erinnerung gab ihren Kindern keine Möglichkeit, etwas zu erleben, an das sie sich später erinnern konnten.

Ich kenne Bad Ischl, sagte Michel, die Stadt mit der größten Selbstmordrate in Europa.

Das wusste ich nicht, sagte ich.

Ich auch nicht, aber ich kann es mir nicht anders vorstellen.

Jedenfalls, erzählte ich weiter, erinnere ich mich dunkel, saaldunkel, im Grunde nur an einen Kinobesuch

– weil er der erste meines Lebens sein sollte. Eines Tages kam unser Lehrer, Herr Zeger, in die Klasse und verkündete mit dem Gesichtsausdruck eines Weihnachtsmannes, dass wir in der kommenden Woche ins Kino geführt werden würden. Unsere Freudenrufe gemahnten geradezu an Indianergeheul. Ich war damals acht Jahre alt, und das Kino von Bad Ischl hieß noch nicht »Kino«, sondern »Lichtspiele«. Tagelang hatten meine Mitschüler und ich den Lehrer genervt, er möge uns endlich verraten, was wir sehen würden. Er heizte unsere Neugier, unsere Vorfreude allerdings durch konsequentes Schweigen an. Mehr als schließlich die Auskunft: »Einen Film; einen spannenden Film! Ihr werdet schon sehen!«, war ihm nicht zu entlocken. Schließlich berichtete ein bei dem Lehrer besonders beliebter Schüler, dass Herr Zeger ihm den Titel des Films verraten hätte: »Der Kampf um den Marterpfahl«.

Wir sahen, als wir endlich im Kino saßen, zunächst einen Vorfilm, und zwar einen Bericht über die Olympischen Sommerspiele, die ein Jahr zuvor in Rom stattgefunden hatten, schließlich einen Film über Bergsteiger, den wir gelangweilt als einen weiteren Vorfilm über uns ergehen ließen. Wann kamen endlich die Indianer? Der Kampf um den Marterpfahl?

Nie. Es wurde hell im Saal, meine Erinnerung wird dunkel, nur so viel blieb: Wir hatten den Film »Der Kampf ums Matterhorn« gesehen – keine Indianer, sondern das Drama um die Erstbesteigung eines Berges, bei dem sich, wie man heute in Lexika nachlesen kann, ein österreichischer Nazischauspieler besonders hervorgetan hatte.

Luis Trenker?, fragte Michel.

Ja.

Ich melde vor der Geschichte die Erstbesteigung –

Sei still! Hör zu! Geschichtsmächtig, auf eine belanglose Weise, nämlich bloß anekdotisch, war bei diesem Kinobesuch jedenfalls Folgendes: Im Vorfilm über die Olympischen Spiele wurde auch das Finale des Hundertmeter-Laufs gezeigt – in Zeitlupe. Wir Kinder waren Kinder im schönsten Sinn –

Breiexistenzen!

Ja. So naiv, dass wir dachten, dass Zeitlupe eine eigene olympische Disziplin sei – die zu beherrschen danach unser größter Ehrgeiz wurde. Wir übten wochenlang »Zeitlupe laufen«, und wäre dies je eine offizielle Wettkampfdisziplin geworden, wir Bad Ischler Schüler wären unschlagbar gewesen, mit all unserem Leiden an der Schwerkraft der Verhältnisse.

Und dann?

Dann wurden wir älter. Also jung. Man ist jung, solange man versucht, sich älter zu machen. Und –

Endlich ein schöner Satz! Sagte Michel. Er hatte bereits einen leichten Zungenschlag vom Wein. Er war kaum mehr aufnahmefähig, und die Geschichte war noch lange nicht zu Ende, besser gesagt, schon zu Ende, aber noch nicht erzählt. Jedenfalls, sagte ich, hatte ich zum Beispiel mit sechzehn Jahren keine Gelegenheit, ins Kino zu gehen und mich für achtzehn auszugeben. Ich war eingesperrt in einem Internat, in einer geschlossenen Erziehungsanstalt, als Kind gehalten, um meine Jugend betrogen. So wie du.

Wie ich, ja, als Kind gehalten, verdammt dazu, ewig

ein Kind zu bleiben, verschärft durch einen vergrei-
senden Körper.

Nein, Michel, nein! Genau das will ich dir erzählen,
dass das nicht stimmt. Darum geht es: Wir wurden erst
sehr spät jung, aber dafür bleiben wir es ewig.

Merde! sagte er, trank, dann: Ewig jung? Lass hören!

Also: Als ich endlich achtzehn war und das Internat
verlassen konnte – du warst mit deinen Eltern schon
längst zurückgegangen nach Paris –, da war ich nichts;
zu unerfahren, um mich glaubhaft älter machen zu
können vor den Erfahrungen der Älteren, zugleich
schon zu alt, um glücklich desinteressiert an ihnen zu
sein. Es ist eine seltsame Erfahrung, wenn man sein
»Leben« in einer Zeit beginnt, in der es weit und breit
keine Zeitgenossen zu geben scheint, nicht einmal als
ein Spiegelbild.

Das, mein Freund, war dann für mich in Paris anders.

Das kannst du danach erzählen! Aber als sich für
mich die Tore des Internats öffneten, in dem ich von
der Wirklichkeit ausgesperrt gewesen war, ich in die
Freiheit hinaus- und in die Universität eintreten konnte, war ich augenblicklich umzingelt von lauter Veteranen: ehemalige Studentenführer, ehemalige Kommunegründer, ehemalige Revolutionsdichter, ehemalige
Selbstbefreier, ehemalige kreative Geister, die jetzt als
dogmatische Gespenster umgingen. Mein schlechtes
Gewissen war grenzenlos, ich hatte den unverzeih-
lichen Fehler begangen, im Jahr achtundsechzig nicht
bereits zwanzig Jahre alt gewesen zu sein. Man entkam
diesen Veteranen nicht, es gab keine Alternativen. Wel-

che denn? Studentenverbindungen? Höhere Töchter
mit Hermès-Tüchern? Nein, es gab nichts vernünftig
Gegenläufiges zum Mainstream des Gegenläufigen,
und einfach »affirmativ« zu sein, war für ein denken-
des Gemüt nie so unmöglich wie damals. Ich saß also
in Hörsälen, die zugleich und vor allem Wartesäle der
Veteranen waren, in denen sie »überwintern« wollten,
bis sich »die Geschichte« wieder hinausverlagern sollte
auf »die Straße«, wo sie meinten, Experten zu sein, die
sich wieder an die Spitze der Bewegung setzen konnten. Aber es bewegte sich nichts. Nicht einmal in Zeitlupe. Was ich damals bis zum Erbrechen lernte, waren
Reminiszenzen, so schamlos ausgebeutet wie der Kaiser in Bad Ischl: WIR, die Veteranen, haben Geschichte gemacht! Wir haben in die Geschichte eingegriffen!
Wir, mit unseren Bärten und Nickelbrillen, haben welt-
historische Bedeutung. Bewundert uns und lasst euch
von uns ficken, damit ihr lernt, was Freiheit ist!

Und? Hast du dich ficken lassen, Monsieur Ischl?

Vergessen wir das! Ich hätte es vergessen, wenn
dann nicht der November 1989 gekommen wäre. Da
lernte ich wirklich, was Geschichte ist. Da erlebte ich
mit der Befreiung der Menschen vom Stalinismus meine eigene Befreiung. Das Umstülpen des Denkens, des
Wissens, der Realität in meiner bewussten Lebenszeit.
Was anderes ist ja ein historisches Ereignis nicht, oder?
Jetzt, endlich, doch noch, hatten wir, die wir zu spät
gekommen waren für die Achtundsechziger, unser eigenes großes Geschichtserlebnis. Wir sind, wenn wir
vernünftigerweise etwas sind, Neunundachtziger. Mit
diesem Jahr haben unsere Biographien Wurzeln in der

Geschichte geschlagen, ist unser Denken Epochen-
denken geworden.

Pathos, mein Freund, aber du hast recht.

Ja. Und jetzt kommt es, was ich erzählen wollte: Egal,
wie alt »ich« heute bin, »ich« ist ein Neunundachtziger,
der sich ein paar Jahre älter machen kann, mit der ein-
sichtigen Entschuldigung, dass er schon sehr viele Jahre älter ist. Weißt du, wo ich mich in der Nacht vom 9.
auf den 10. November 1989 befand?

Vor dem Fernseher, nehme ich an!

Genau! Ich saß vor dem Fernsehapparat und konnte mich nicht losreißen von diesen Bildern, die den
massenhaften Triumph des Individuums zeigten. Der
Sturm der Berliner Mauer. DAS war eine Erstbesteigung! Das Hinaufklettern in eine Höhe, die noch am
Tag davor den sicheren Tod bedeutet hätte. Eine Masse, aber das ist ein falsches Wort, ein Gesicht, das mas-
senhaft das Gesicht jedes befreiten Menschen wurde,
ein Gesicht, das Ja gesagt hatte, weil es sich zu einer
Zukunft entschlossen hatte, stöhnte und weinte. Es
war meine Hochzeitsnacht.

Wie bitte?

Ja. Meine Hochzeitsnacht. Es passierte in dieser
Nacht weiter nichts. Meine große Liebe, die soeben
meine Frau geworden war –

Elisabeth?

Ja. Elisabeth und ich, wir saßen in einem Hotelzimmer vor dem Fernsehgerät und starrten auf diese Bilder. Es war unsere späte und glückliche Vermählung
mit Zeitgenossenschaft.

Und dann?

Ich bin schon am Ende: Am nächsten Tag verließen wir, ziemlich verquollen von den Tränen und gehörig Champagner, die Hochzeitssuite, verließen das Hotel – wir hatten in Bad Ischl geheiratet, ja, in Bad Ischl, weil – warum? Ich hatte den Beginn meines Erwachsenenlebens mit meiner Kindheit versöhnen wollen. Und dieses Kaiserstädtchen meiner Kindheit, hatte ich gedacht, war für diesen Anlass der richtige Ort, und viel schöner als jedes muffige Wiener Standesamt. Wie dürftig das aber plötzlich war, an diesem Tag, da meine Generation sich mit der Geschichte versöhnen sollte. Es hatte stark geschneit in der Nacht, und wir stapften den Kai entlang, nicht in Zeitlupe, auch nicht mit der Bedächtigkeit von Veteranen, sondern in Echtzeit, hinüber zur »Kaiserpromenade«, und alles hatte seine Bedeutung verloren, oder eine andere bekommen. Wir stapften durch den Schnee von gestern – und waren die Ersten, die darin ihre Eindrücke hinterließen.

Schön!, sagte Michel. Wirklich schön. Trinken wir noch was!

Romantische Irrtümer

Früher erzählte ich gerne. Ich erlebte ja auch einiges auf meinen Reisen. Ich konnte meine Freunde und Bekannten stundenlang mit meinen Geschichten unterhalten, und was mich selbst dabei am meisten entzückte, war, wie sich das Leben, das ich führte, bloß durch das Erzählen verbesserte. Ereignisse, die mich in Wahrheit hochgradig irritiert hatten, wurden, wenn ich sie berichtete, komisch, schrill, erheiternd. Was mich in Wirklichkeit gelangweilt hatte, wurde, nur geringfügig ausgeschmückt, zu einem spannenden Abenteuer, Zufälle erschienen bedeutsam, Banalitäten wurden lehrreich. Mein Leben, so austauschbar und ermüdend es auch war, bekam, wenn ich es erzählte, etwas Reiches und Buntes, geradezu Beneidenswertes, an das ich manchmal sogar selbst glaubte. So war ich mit meinem Leben einigermaßen zufrieden.

Es war auf der Rückreise von Dresden, als mir plötzlich klar wurde, dass der Reichtum, den ich erzählend ausbreitete, eine Lüge war. Dass ich im Grunde immer dieselbe dürftige Geschichte erzählt hatte. Nur die »Handlung« waren jedes Mal eine andere, die sogenannten Erlebnisse, und ebendadurch zeigte sich, wie beliebig es war, das Erlebte, das Leben. Ich saß im Flugzeug und war müde. Ich dachte »todmüde« und hatte dann nur noch dieses Wort im Kopf, das so banal war und zugleich so erschreckend. Ich hatte darüber hinaus minutenlang keinen Gedanken. Deswegen dachte ich dann wohl das Wort »hirntot.« Ich war, dachte ich, hirntot. Da war er noch einmal, der Tod. Dann dachte ich »lebensmüde«. Und das war im Grunde die eine Geschichte: Ich bin in Dresden mit einem Lebensmüden verwechselt worden und habe dadurch erst begriffen, dass ich es wirklich bin. Dass ich gefährdet bin. Dass alle meine Geschichten im Grunde nur Varianten immer derselben Geschichte waren, nämlich der Versuch, ein verstümmeltes Leben mit Phantomschmerzen zu versehen: etwas zu spüren, das nicht da ist. Das Existentielle im Lächerlichen.

Ich war am Vortag, ausgerechnet im »Hotel zur Sonne« in Weimar, vor Sonnenaufgang aufgewacht, nicht weil ich aufs Klo musste, sondern aus Scham, aus einer unerträglich brennenden Lebensscham, und sofort begann das Herz so stark zu schlagen wie ein Trommler im Karneval oder im Krieg. Es war aussichtslos, ich konnte nicht wieder einschlafen. Ich stand also auf, zog den Vorhang zur Seite und schaute aus dem Fenster, und da war nichts, Dunkelheit mit einigen wenigen Lichtpünktchen, Nachtruhe, Nachtfriede.

Wenn der Tag erwacht / bevor die Sonne lacht ...

Das war nur ein schnelles Auflodern, ein kurzes aggressives Knistern in meinem Kopf, als wäre ein Blatt mit diesen Worten ins Feuer gefallen, aufleuchtend und sofort schwarz werdend zerfiel es in nichts.

Da war kein Aschenbecher. Ich hatte mir eine Zigarette angezündet, aber ich fand keinen Aschenbecher im Zimmer, ich suchte, öffnete schließlich die Minibar, nahm ein Weinglas und ließ die Asche hineinfallen. Ich kniete vor der Minibar, rauchte und starrte die Getränke an. Ich sah auf die Uhr. Es war fünf. Es war verrückt, ich wusste, dass es verrückt war und dass ich es bereuen würde, aber ich sagte mir, dass ich vielleicht doch noch schlafen könnte, wenn ich jetzt etwas trank. Ich warf die Zigarette ins Glas, sie brannte weiter, ich schüttelte das Glas, aus dem nun Rauch aufstieg wie aus einem Weihrauchkessel. Ich öffnete ein Fläschchen Rotwein, schüttete ein wenig in das Glas, um die Zigarette zu löschen, legte mich wieder ins Bett, trank aus dem Fläschchen, rauchte. Der Wein half nicht. Ich stand wieder auf, ging ans Fenster. Ich wollte schlafen. Ich trinke nie Schnäpse. Ich trank Wodka aus der Minibar. Das Brennen im – ja: Sonnengeflecht wurde nicht besser. Das Konzentrationslager. Buchenwald. Ich hätte es nicht besuchen dürfen. Nicht mit meiner Familiengeschichte. Und nicht beschwipst, nach dem Geschäftsessen, und schon gar nicht, nachdem ich nach dem Essen zu Herrn Schwitters diesen furchtbaren, geistlosen, diesen entsetzlichen Satz gesagt hatte. Er hatte mich gefragt, wie lange ich noch in Weimar bliebe. Ich sagte, dass ich am nächsten Morgen abreisen würde. Es war diese blöde Small-talk-Situation, wo man sich nach einer harten Verhandlung wieder förmlich menschlich gibt. Was ich also an diesem Nachmittag in Weimar noch vorhätte?

Herr Schwitters hatte bei diesem Essen ein Glas Wein getrunken, ich drei. Das erklärt manches, nicht alles. Ich bin alert gewesen. Das Geschäft war zu Bedingungen, die mich völlig zufriedenstellten, abgeschlossen worden. Er war mir unsympathisch. Das erklärt gar nichts. Man merkte, dass er selbst begeistert davon war, wie gut er funktionierte. Das erklärt absolut nichts. Ich schätzte ihn auf unter dreißig. Einer dieser schlaksigen Jünglinge in dunkelgrauen Anzügen und pomadisiertem Haar, die zur Zeit der Wende im Kindergarten gespielt hatten und nun so taten, als hätten sie den Kapitalismus erfunden. Ich wollte ihn – schockieren ist ein zu großes Wort, ich wollte ihm jedenfalls nicht die naheliegende Antwort geben: Goethe-Museum, Schiller-Museum, und darauf eine abschließende Phrase von diesem literarischen Analphabeten hören müssen. Also zuckte ich die Achseln und sagte: Ich werde ins KZ gehen und dort die Zeit totschlagen.

Egal, was ich gesagt hätte, Herr Schwitters hätte mir daraufhin einen schönen Tag gewünscht. Der Satz war in seinem Mund schon vorbereitet, und sofort purzelte er heraus: Also dann, einen schönen Tag noch!

Aber irgendwie, das war ihm anzusehen, war er irritiert, und ich wusste, ich hatte ihn unterschätzt. Vor allem aber wusste ich augenblicklich: Ich hatte nicht so sehr ihn schockiert, und wenn, dann war es unerheblich, sondern ich hatte mich selbst schockiert. Das hatte ich nicht sagen wollen, das hätte ich nicht sagen dürfen, das war völlig wahnsinnig: Zeit totschlagen im KZ.

Da begann es zu brennen, und ich versuchte, dieses Gefühl zu ersticken, so wie man eine Decke auf ein Glutnest wirft, aber es rauchte nur immer mehr. Ich war dann in Buchenwald, ja. Und ich spielte im Gedanken immer wieder diese Szene mit Herrn Schwitters durch, versuchte sie mir gleichsam so plastisch zu vergegenwärtigen, dass sie noch einmal wirklich wurde und ich wieder in sie eingreifen und sie verändern konnte. Ich erzählte mir, was er gesagt hatte, dann, was ich gesagt hatte, dann wieder, was er gesagt hatte, bis ich zu dem Moment kam, wo ich meinen wahnsinnigen Satz sagte – und sagte jetzt aber einen anderen, oder wieder einen anderen, ich suchte nach immer neuen Sätzen, die ich gesagt haben könnte oder sagen hätte sollen, um meine Erinnerung zu überreden, zu zwingen, sich einen anderen Satz als den wirklich gesagten zu merken. Aber es half nichts. Es begann zu glosen, immer stärker zu rauchen.

Ich stand auf und ging wieder zum Fenster. Der schwarze Himmel bekam Konturen. Es war eine dunkle Regenwolkendecke, die sich im ersten Tageslicht zeigte. Es würde regnen, na und? Ich wollte schlafen. Ich ging zur Minibar. Was gab es da noch? Kein Wodka. Whisky. Vielleicht würde ich dann in Ohnmacht fallen. Ich legte mich auf das Bett, trank und rauchte. Ich hatte keinen klaren Gedanken mehr. Es begann zu regnen. Ich habe es ja gewusst. Seltsam, wie lange ich brauchte, bis ich begriff. Ich lag nackt im Bett, und es regnete. Ich grinste, nackt im Regen – und plötzlich: die Panik, und keine Fluchtmöglichkeit. Da war schon das Schlagen von Fäusten an meiner Zimmertür. Ich ließ die Männer mit den Feuerlöschern herein. Beruhigte sie. Ich hatte durch das Rauchen die Sprinkleranlage über dem Bett ausgelöst.

Das war der Grund, weshalb ich den Zug um 9 Uhr 51 nahm. Ich hätte auch schon den um 7:51 nehmen können, aber da gab es im Hotel noch die Formalitäten zu erledigen.

Nein, ich war nicht depressiv, als ich nach Dresden kam. Ich war alles Mögliche, aber ich hätte nicht gesagt depressiv. Es war sogar so, dass mich noch immer Dinge aus bloßer Gewohnheit erheiterten: wenn ich mir vorstellen konnte, sie später ausgeschmückt und pointiert zu erzählen. Im Zugabteil saß mir ein Mann gegenüber, der ein Buch las, und ich versuchte herauszufinden, welches. Aber er hielt das Buch so, dass ich den Titel nicht sehen konnte. Er war etwas jünger als ich, sehr teuer gekleidet, und er wirkte nicht wie ein geübter Leser. Sein Gesichtsausdruck, seine gerunzelte Stirn machten einen allzu angestrengten Eindruck, so als würde er eine Gebrauchsanleitung lesen. Da legte er das Buch ab, verließ das Abteil, und ich sah: »Zwei Fremde im Zug« von Patricia Highsmith.

Der Mann kam zurück, las weiter, und schon erreichten wir Leipzig, wo ich umsteigen musste.

Zu Mittag kam ich in Dresden an, und in denkbar schlechtem körperlichen Zustand. Im Taxi vom Bahnhof zum »Hotel am Blauen Wunder« döste ich, sah nichts von der Stadt. Ich hatte den nächsten Termin um vier. Und die Bombardierung Dresdens sollte um Viertel nach acht beginnen. Ich war übermüdet, schlaflos, zittrig. Und musste wieder so viel Zeit – überbrücken. Das flaue, leicht brennende Gefühl im Magen.

Ich verlangte ein Raucherzimmer. Die Raucherlaubnis war das Geschmackvollste an diesem Zimmer. Ich stellte den Koffer ab und verließ das Hotel. Um die

Ecke sah ich ein Lokal, »Schillergarten«, und ich beschloss, etwas zu essen. In Weimar hatte ich das Schiller-Haus nicht besucht, aber nun saß ich in Dresden im »Schillergarten«. Mich erheiterte nichts mehr. Ich aß, obwohl ich merkte, dass es mir nicht guttat. Ich esse grundsätzlich zu viel. Es ist sozusagen der Versuch von Sinngebung im Sinnlosen. Wer immer wieder sehr viel Zeit – ja, verdammt noch einmal: Totschlagen muss, das war ja das Problem: totschlagen, ich musste immer wieder viel zu viel Zeit in meinem Leben totschlagen – der geht immer wieder essen. Der nutzt jede Essenszeit, um zu essen. Man sitzt da und isst, und macht vor sich selbst und vor den anderen den Eindruck eines Menschen, der etwas Sinnvolles, zumindest Notwendiges tut: Essen muss der Mensch. Man quält sich, aber essend quält man sich immerhin im Anschein von Normalität. Ich hatte die Spezialität des Hauses, sächsischen Sauerbraten bestellt. Alles in mir rebellierte, während ich aß. Der Sauerbraten schmeckte süß, aber stieß dann sauer auf.

Ich komme aus einer Familie, die die Erfahrung des Hungers hatte. Ich habe im Überfluss gelernt, alles zu essen, was auf dem Teller war.

Dann ging ich ins Hotel zurück, übergab mich, ruhte mich kurz aus, duschte sehr lange. Endlich war es so weit, dass ich ein Taxi rufen konnte, um zu Herrn Nickwitz zu fahren. Ich kann mich nicht mehr erinnern, wie ich die Verhandlung einigermaßen geglückt hinter mich bringen konnte. »Es« verhandelte, ich war lediglich der Tonträger. Ich weiß nur noch, dass Herr Nickwitz ein sehr kleiner Mann in einem

sehr großen Besprechungszimmer war. Den Krawattenknoten hatte er so fest gezurrt, dass ihm die Haare
zu Berge standen. Im Grunde ist das meine ganze
Erinnerung: dass ich ihn verachtete und immer wieder
aus dem Fenster schaute. Ich verachtete ihn allerdings
nicht aus physischen oder ästhetischen Gründen, sondern deshalb, weil ich den Eindruck hatte, dass dieser
ehrgeizige und gierige Mann noch nie an den Tod gedacht hatte. War er überhaupt schon einmal bei einem
Begräbnis gewesen? Ja, und wenn. Dann war es für
ihn doch auch nur der Beweis, dass der Tod immer
nur andere traf.

Durch die großen Fenster des Besprechungszim-
mers sah man die Elbe und das jenseitige Ufer. Ganz
leise, fast wie das Schnurren einer schläfrigen Katze,
hörte ich das Geräusch von Motorsägen. Dort drüben,
auf der anderen Seite der Elbe wurde ein riesiger alter
Baum gefällt. Er fiel. »Nu«, sagte Herr Nickwitz und
schüttelt mir die Hand. Noch einmal: »Nu«. Er war
kein Meister der Floskeln.

Ich hätte zu Fuß zum Hotel zurückgehen können,
aber ich nahm ein Taxi. Kurz bevor wir das Hotel erreichten, sagte ich zu dem Fahrer, er solle weiterfahren
bis zur Brücke. »Zum Blauen Wunder?« Ja, sagte ich,
zum Blauen Wunder. Ich hatte immer noch mehr als
zwei Stunden Zeit bis zum Feuersturm.

*Sie wurden gefragt. Wollt ihr den totalen Krieg? Sie haben mit
Ja geantwortet. Ja! Und sie haben ihn bekommen.*

Ich ging über die Brücke, blieb auf halbem Weg stehen, lehnte mich ans Geländer und schaute. Es regnete
nicht mehr. Alles glänzte.

Ich sah die Elbe, wie sie frei und stolz – ich hatte augenblicklich diese pathetischen Wörter im Kopf – zwischen Wiesen und Hügeln floss, in ruhiger, fast zärtlicher Naturgewalt, vorbei an unbefestigten Böschungen, weiten Wiesen, mitten in einer Großstadt, deren Dächer und Kuppeln wie Hüte wirken, mit denen die stolzesten Menschen ihr Haupt bedecken vor Gott. Hänge, Wege, vor Schönheit fast verzitternd. Sanft wie Tiere gehen die Berge neben dem Fluss.

Deutschland ist ein romantisches Land. Ich war wirklich ergriffen, als ich diesen Gedanken hatte: Deutschland ist in Wahrheit ein romantisches Land. Die Klassik war ein Irrtum. Der auftrumpfende Gestus der Vollendung, von Weimar über Bauhaus, Speer, in den Faschismus. Weimar, Buchenwald – ein Irrtum. Das Wilde, Ungezähmte, das sich in die Schönheit fügt, Dresden, die Elbe, ist die Wahrheit, die Ort gewordene Sehnsucht.

Mir wurde kalt. Ich ging zurück ins Hotel. Ich hatte immer noch eineinhalb Stunden zu überbrücken.

Sie wurden gefragt. Sie haben aus vollen Kehlen mit Ja geantwortet. Ich habe kein Mitleid. Sie haben es so gewollt. Wir nicht. Wir waren in Coventry. Wir Kinder wurden evakuiert. Mich interessieren die Wunden von Dresden nicht. Ich habe die Trümmer gesehen, die übrig blieben vom Haus meiner host parents. Das waren anständige Menschen. Sie haben mich Wiener Judenkind aufgenommen. Sie haben mich geliebt wie ein eigenes Kind. Sie waren nie in ihrem Leben in der Oper. Sie gingen in keine Gebäude mit goldenen Kuppeln. Sie gingen in die Fabrik. Da war viel Ruß und Staub. Diese ungeheure Anstrengung

eines Lebens in Anstand. Ich weiß, was Mitleid ist. Ich habe
kein Mitleid mit Dresden.

Es war schon wieder Essenszeit. Ich aß im Hotel
eine Kleinigkeit, Sächsische Kartoffelsuppe, starrte
vor mich hin. Ich war völlig kraftlos, aber gleichzeitig
war etwas in mir ganz stark angespannt, schmerzhaft,
zum Zerreißen. Dann ging ich in mein Zimmer und
schaute mir die Bombardierung Dresdens an. Ich aß
dabei Nüsschen, weil ich einfach nicht widerstehen
kann, wenn ich in der Minibar eines Hotelzimmers
welche finde. Ich hasste mich. Es war völlig irrational.
Ich hatte eben erst abendgegessen, war ohne Hunger,
und stopfte dennoch diese Nüsschen in mich hinein,
die meinen Körper sinnlos verwüsten. Dazu trank ich
die beim Abendessen begonnene Flasche Wein leer,
während ich zusah, wie der Feuersturm fast die ganze
Stadt zerstörte.

Sie wurden gefragt. Sie wollten den totalen Krieg, sie wollten
ihn. Nichts lässt mich so kalt wie die Tränen, die dann um
Dresden vergossen wurden.

I couldn't care less.

Ich weinte, als Dresden brannte. Ich wusste allerdings, dass ich nicht um Dresden weinte, sondern deshalb, weil ich betrunken war und rührselig in meiner
Einsamkeit, dabei immer noch unter dem Eindruck
vom »Blauen Wunder«, und zugleich voller Selbstver-
achtung wegen der Nüsschen trotz meiner Gewichts-
probleme, und wegen alldem eben besonders anfällig
für Kitsch. Und dieser Film war Kitsch.

Ich hatte es als Fingerzeig des Schicksals genommen – nein, das ist zu pathetisch, ich fand, dass es ein

sinniger Zufall war, dass just an dem Tag, an dem ich zum ersten Mal nach Dresden kam, im Fernsehen ein Film über die Zerstörung Dresdens gezeigt wurde. Das ZDF hatte diesen aufwendig produzierten Fernsehfilm massiv beworben, was selbst ich, der ich kaum fernsah, mitbekommen habe. Den ersten Teil hatte ich versäumt, aber der zweite Teil sollte just an dem Abend ausgestrahlt werden, an dem ich in Dresden war.

Jetzt saß ich da und wusste, dass ich noch immer nicht, jetzt erst recht nicht schlafen würde können.

Es gab noch nie eine Diktatur, in der die Menschen gefragt wurden, was sie wollen. Die Deutschen wurden gefragt. Das war einmalig. Sie wollten den totalen Krieg. Ohne Dresden hätten sie nie begriffen, was sie sich gewünscht haben.

Hat mein Vater gesagt. Hat er immer wieder gesagt. Man soll nicht nachplappern. Dem Vater. Den Vätern. Auch wenn durch Erfahrungen verbürgt ist, was sie sagen. Auch wenn sie recht haben, zumindest in dem Sinn, dass sie nie gefragt wurden, welche Erfahrungen sie machen wollten und welche nicht.

Ich beschloss, noch einmal zum Blauen Wunder zu gehen.

Traurig ist nicht das zerstörte Dresden. Traurig sind nur und ausschließlich die Tode jener, die nicht gefragt wurden. Die Tode der sechs Millionen.

Es war kein Mensch auf der Straße. Der Feuersturm war in Dresden offenbar ein Straßenfeger. Nein, ich war nicht unernst. Aber ich wollte auch nicht zulassen, dass ich mich jetzt besonders dramatisch fühlte.

Ich stand auf der Brücke, schaute, es war dunkel, aber ich konnte –

*Hör auf, Leon, das ist keine Geschichte für ein Kind! Er
wird mir dann nicht einschlafen können!*

Das war meine Mutter, wenn Vater erzählte. Ich
schaute. Es war Nacht. Ich konnte aber doch die ma-
jestätische Schönheit ahnen, die dunkel im Dunklen
lag. Ich beugte mich nach vorn, sah das schwarze Flie-
ßen. Da hörte ich ein Geräusch hinter mir. Ein Klirren
oder Scheppern. Ich drehte mich um. Eine Frau hatte
ihr Fahrrad fallen lassen und lief auf mich zu. »Das ist
keine gute Idee!«, rief sie.

»Erschütternd! Normalerweise habe ich nur gute
Ideen!«

Nein, das habe ich nicht gesagt. Das wäre die Antwort gewesen, wenn ich die Geschichte jemandem erzählt hätte. Ich habe gar nichts gesagt. Sie fasste mich
am Oberarm, drängte sich zwischen mich und das
Brückengeländer, sah mich an. Und ich begann zu weinen! Es war irre! Ich weinte, und hatte wirklich nicht
an Selbstmord gedacht, ich war nur –

»Ist gut«, sagte sie, »ist gut. Willst du reden?«

Ich nickte. Wir gingen ein paar Schritte. »Dein Rad!«,
sagte ich.

Ich bin nicht gut darin, das Alter eines fremden
Menschen zu schätzen. Sie war nicht jung. Sie war
nicht alt. Sie war auf eine sehr vertraueneinflößende
Art erwachsen.

Sie schob das Rad neben mir her, sagte nichts, wartete, dass ich etwas sagte. Das Einzige, was ich sagen
hätte wollen, konnte ich nicht sagen.

»Gibt es hier in der Nähe noch ein offenes Lokal?«

»Gleich hier unten. Die Russen!«

Ich verstand nicht. Sie schob ihr Rad. Ich ging neben ihr her.

»Wie heißt du?«

»Rita.«

Am Ende der Brücke gingen wir seitlich rechts zum Elbeufer hinunter, da befand sich – ein Lokal ... kann man nicht sagen. Es war eine eigentümliche Mischung aus Container und Holzverschlag, mit Wellblechdach, ein Provisorium, aber doch sehr massiv, und so wettergegerbt, als wäre es schon ewig dagewesen. Keine Beleuchtung, nur Licht, das durch Ritzen aus dem Inneren herausdrang. Und Bässe, Herzrhythmus, der herausschlug, stampfende Musik.

Ich weiß nicht, ob ich mich korrekt erinnere. Ich glaube, Rita machte ein Klopfzeichen. Daraufhin wurde uns geöffnet. Es war drinnen sehr hell, sehr verraucht, sehr laut. Es wurde russisch gesungen, gebrüllt, geschrien. War das wirklich so? Oder glaube ich das nur, weil Rita gesagt hatte »die Russen«?

Hieß sie wirklich Rita? Wir haben geredet! Was habe ich ihr erzählt? Wir haben getrunken! Wodka? Haben wir getanzt? Ich glaube, wir haben getanzt, zumindest habe ich sie gehalten und ihr Lachen gehört an meinem Ohr.

Irgendwann wurde ich durch eine Berührung geweckt. Ich schlug die Augen auf und sah das Gesicht einer Frau, nicht unhübsch, allerdings etwas grob und rotgefleckt. »Aufstehen!«, sagte die Frau. Ich schloss die Augen. Wo war ich? Wer war sie? Ich hatte höllische Kopfschmerzen. Was hatte ich in der Nacht –

»Es ist zwölf durch!«

Erinnerung. Radfahrerin ... Ich bin mit ihr ... Habe ich ... ist sie ...? Ich schaute diese Frau an. Ich – kannte sie nicht. Rita? Ich suchte verzweifelt in mir einen Rest von romantischer Gestimmtheit, aber –

»Bitte! Sie haben das Zimmer bis elf. Sie müssen da raus! Es ist zwölf durch. Ich muss da saubermachen!«

»Noch ein Wort«, sagte ich, »und ich springe vom Blauen Wunder in die Elbe!«

»Gute Idee!«, sagte sie.

Mühsam stand ich auf. Stand nackt vor ihr. Sie war unbeeindruckt.

»Dann springen Sie mal. Mir ist egal, wie Sie abreisen. Aber ich muss da mal saubermachen!«

Im Taxi zum Flughafen.

»Sind Sie zum ersten Mal in Dresden?«

Ich mag keine Taxifahrer, die quatschen.

»Ja!«

»Gefällt Ihnen die Stadt?«

»Ja.«

Ich saß wehrlos im Wagen, und der Fahrer erzählte. Er sei als Jugendlicher nach Dresden gekommen. Aus Hannover. Ich sagte nichts. Aus Hannover, wiederholte er.

»Aus dem Westen in den Osten – verstehen Sie?«

»Ja.«

»Das versteht keiner!«

»Ja.«

»Sie verstehen mich nicht. Ich sagte: Ich kam aus Hannover. Nach Dresden. Vom Westen in den Osten. Das Gegenteil von –«

»Ich habe verstanden!« sagte ich. »Und warum?«

»Ich wollte Weltmeister werden.«

»Weltmeister?«

»Ja. Im Rudern.«

»Ja.«

»Ich dachte, Sie würden jetzt fragen: Und in Hannover kann man nicht rudern?«

»Ja. Kann man nicht?«

»Doch! Aber wenn man Weltmeister werden will! Dann muss man nach Dresden!«

»Warum?«

»Die Elbe. Das Wasser der Elbe ist dick. Es gibt keinen Fluss, der so dickes Wasser hat. Wer auf der Elbe trainiert, für den ist jeder andere Fluss nichts, man kann dann auf jedem anderen Wasser den Riemen durchziehen wie nichts, verstehen Sie? Wer auf der Elbe schnell ist, ist überall der Schnellste.«

»Was heißt dick?«

»Dick. Das Elbewasser ist dicker als jedes andere. Das spürt man. Die Elbe ist anders, ist einzigartig. Es gibt keinen Strom, der so dick ist. Warum dürfen Deutsche nicht auf der Themse rudern? Wäre peinlich für Oxford und Cambridge, verstehen Sie?«

»Nein!«

»Ist aber so. Und außerdem war da Theo Körner!«

»Theodor Körner?«

»Theo Körner! Der beste Rudertrainer der Welt. In den Sechzigern. Da wollte ich her. West, Ost, das hat mich nicht interessiert. Ich war jung. Rudern hat mich interessiert.«

»Und?«

»So bin ich eben hergekommen. Nach Dresden. Von Hannover.«

»Und?«

»Gold in Montreal, sechsundsiebzig. Im Achter. Ich wollte mich ursprünglich im Einer entwickeln, aber das wurde nicht gefördert. DDR. Verstehen Sie? Da war das Kollektiv wichtig. Na gut. Gold im Achter.«

»Sie haben eine Goldmedaille? Bei Olympischen Spielen?«

»Sage ich doch. Sechsundsiebzig, im Achter.«

»Gratuliere!«

»Aber das mit dem Weltmeister wurde nichts. Ich wurde plötzlich krank.«

»Krank?«

»Ja. Bin heute Invalide. Deswegen fahre ich Taxi. Morbus Reiter.«

»Wie bitte?«

»Morbus Reiter. Ist das nicht verrückt? Ich bin Ruderer und bekomme den Morbus Reiter. Hat aber nichts mit Reiten zu tun. Heißt nur so. Der Arzt hieß wohl Reiter. Aber verrückt ist es doch.«

»Was ist das für eine Krankheit?«

»Die Gelenke entzünden sich, schwellen an, werden steif. Ende vom Rudern. Verstehen Sie?«

»Ja.«

»Gar nichts verstehen Sie. Ich saß dann mit einer Goldmedaille um den Hals in der Scheiße. Nicht in Hannover. In Dresden.«

»Ich verstehe.«

»Na dann. Guten Flug!«

Ich zahlte. Er stieg aus und öffnete den Kofferraum.

Ich nahm den Koffer heraus. Sah den Fahrer an. Er musste etwa so alt sein wie ich.

Dann saß ich im Flugzeug und dachte – wie gesagt: nichts.

Die neuen Leiden des fremden Freunds

»In zehn Jahren werde ich gefragt werden, ob ich mich erinnern kann, wo ich heute Nacht gewesen bin. Ich muss mir merken: hier! Und ich werde gefragt werden, was ich gerade gemacht habe. Niemals vergessen: dies!«

Diese Tagebucheintragung von der Nacht auf den 10. November 1989 sollte sich nicht ganz bewahrheiten. Denn zehn Jahre später, im November 1999, befand sich Deutschland in so großer Aufregung wegen der nahenden Jahrtausendwende, dass die Erinnerung an den zehnten Jahrestag des Falls der Berliner Mauer davon fast verdrängt wurde. Nicht pathetische Erinnerungen an den Zusammenbruch der DDR, sondern nervöse Spekulationen über den Zusammenbruch aller Computer beschäftigten die Medien. Das Problem hieß »Y2K«, und dieses Kürzel bezeichnete die Gefahr, dass die weitgehend computergesteuerte Welt mit dem Wechsel ins Jahr 2000 (für die Computer ein Übergang zur Ziffernkombination 00, Synonym für »Nichts«) abstürzen könnte, das Internet und die Flugzeuge, und, schlimmer noch, die Börsen und der Welthandel.

»Die Mauer« war ein analoges Phänomen gewesen – mit »Y2K« hat die westliche Welt die entsprechende Erfahrung digitalisiert und postmodern wiederholt: die hysterische Angst vor dem Zusammenbruch des Systems. Damit erst war Deutschland nach der Implo-

sion des real existierenden Sozialismus endgültig in die
virtuelle Welt eingetreten.

Dass im Jahr 1999 Firewalls die Menschen mehr
beschäftigten als die längst verschwundene Mauer, ist
daher verständlich: Was ist schon der Fall einer Mauer gegen den Fall der Börsen? Wie bedeutsam ist ein
historisches Datum neben Zukunftsoptionen und
Termingeschäften? Was ist die Erinnerung an eine
verschwundene Bedrohung im Vergleich, oder zeitge-
nössisch formuliert: in Konkurrenz mit einer akuten
Bedrohung?

Wiederum zehn Jahre später ist nun »Y2K« vergessen. Auch das ist nicht verwunderlich: In der virtuellen
Welt ist das gesellschaftliche Gedächtnis kein Speicher.

Ich habe mein Tagebuch.

*»Wenn ich einmal gefragt werden sollte, wie ich den Beginn
des sogenannten neuen Millenniums erlebt, was ich gemacht habe,
werde ich nichts sagen können, oder nur, so ich mir diesen Satz
merke: Es war zum Vergessen!«*

Am 31. Dezember 1999 war mir das Bargeld ausgegangen. Die Banken waren geschlossen, die Bank-
automaten wegen »Y2K« vorsorglich ausgeschaltet. In
den Geschäften bildeten sich lange Schlangen. Von
Konsumenten, die nicht konsumieren konnten. So
viele Waren, aber kein Bargeld. Die Menschen sahen
nicht ein, dass sie nicht mit Karte bezahlen konnten.
Die Terminals waren stillgelegt. Die Geschäftsleute
rauften sich die Haare. Das Geschäft, auf das sie ge-
wartet hatten, konnten sie nicht machen. Wir standen
ohne Begrüßungsgeld vor den Auslagen einer neuen
Epoche. Vergessen? Vergessen.

»Das gehört nicht hierher!«, sagte mein Berliner Freund Konrad-Otto und schaltete das Tonbandgerät ab. Es tut mir leid, sagte ich, aber es fiel mir eben ein. Kannst du dich noch an »Y2K« erinnern? »Nein«, sagte er. »Doch! Ja, sicher!« Es interessierte ihn nicht.

»Hör zu«, sagte er, »es geht jetzt nur um die Nacht, in der die Mauer fiel. Wo warst du da, was hast du gerade getan, was waren deine Gefühle, woran kannst du dich erinnern? Kurz und prägnant. Alles klar?«

Ja, sagte ich.

»Kann ich wieder einschalten?«

Ja.

Konrad-Otto arbeitete für Radio Berlin-Brandenburg. Er bereitete einen Beitrag für den zwanzigsten Jahrestag der Maueröffnung vor. Kennengelernt hatte ich ihn just in der Zeit, als sich die Mahlsteine der Geschichte in Bewegung setzten, über die wir nun sprachen: Anfang September 1989, bei einem Symposium über »Entwicklungstendenzen der neuen deutschsprachigen Literatur« an der Universität Budapest in Zusammenarbeit mit dem Goethe-Institut. Er, der sich in dieser Zeit noch Hoffnungen auf eine akademische Karriere machte – er war damals Assistent am Germanistischen Institut der TU Berlin –, sprach über »DDR-Literatur«. Ich war eingeladen, um über »Die sozialpartnerschaftliche Ästhetik – das Österreichische an der österreichischen Literatur« zu referieren.

Konrad-Ottos These war pfiffig und frech. Er bezeichnete die DDR als den größten Schriftstellerverband der Welt, als Autorenrepublik. Millionen Menschen seien dazu angehalten und würden dazu ermuntert und gedrängt, wie Schriftsteller zu arbeiten: zu beobachten, zuzuhören, nachzufragen, Material zu sammeln, zu recherchieren, und dann alles in eine schriftliche Form zu bringen und zu erzählen. Dies habe die realistische Literatur revolutioniert und eine neue, avancierte literarische Form hervorgebracht, deren strukturelles Grundmuster die Stasi-Akte sei. Die bekanntesten Werke der DDR-Literatur, wie zum Beispiel »Mutmassungen über Jakob«, »Nachdenken über Christa T.«, »Die neuen Leiden des jungen W.«, »Der fremde Freund« oder »Bericht vom Großvater« zeigten schon im Titel ihre Herkunft aus dem Geist und den Methoden des Stasi-Berichts. Im Grunde sei Literatur immer schon erkennungsdienstliche Arbeit gewesen, aber nie zuvor in der Geschichte sei dieser Sachverhalt so konsequent und gesellschaftlich umfassend umgesetzt worden.

Ich hoffe, dass ich Konrad-Otto nicht schade, wenn ich dies berichte. Jedenfalls wurde er nach seinem Vortrag von den Vertretern des germanistischen Establishments nicht mehr ernst genommen, während ich dieses nicht mehr ernst nehmen konnte (ein Tübinger Professor etwa referierte zum dritten Mal, nach den germanistischen Symposien in Los Angeles und Paris, über »Deutsche Erzähler von Schnitzler bis Handke«), weshalb Konrad-Otto und ich beschlossen, uns hinterher nicht beim Buffet anzustellen, das vom Goethe-Institut für die Referenten des Symposiums ausgerichtet wurde, sondern in die Stadt zu gehen, um irgendwo ein Pörkölt zu essen und Bier zu trinken.

Konrad-Otto war damals noch mit mir per Sie –

bis wir zufällig an der Botschaft der Bundesrepublik Deutschland in der Izso utca vorbeikamen. Da waren Hunderte Menschen, die in die Botschaft eindrangen, am Zaun hingen, der den Vorgarten der Botschaft von der Straße trennte, die davor aufgestellten Absperrungsgitter zu überwinden versuchten, an das Tor schlugen, an der Fassade hochkletterten, oder einfach auf dem kleinen Rasenstück vor dem Botschaftsgebäude lagen, wie Riesenschnecken zusammengerollt, beobachtet von ungarischen Polizisten, die ihre Schlagstöcke nur hoben, um in Fernsehkameras zu winken.

»Schau dir das an!«, sagte Konrad-Otto. Seither sind wir per Du.

Er begriff schneller als ich. Das waren DDR-Bürger, die als Touristen nach Ungarn gereist waren, um über das exterritoriale Gebiet der BRD-Botschaft in den Westen ausreisen zu können. Er sagte, dass die DDR jetzt »ausrinne«, es sei nur eine Frage der Zeit, sagte er, bis die DDR nachgeben müsse. Werde die Mauer geöffnet, liefen die DDR-Bürger raus und das Kapital dringe ein. Das wäre das Ende der DDR. Damals, aus seinem Mund, hörte ich zum ersten Mal den Begriff »Wiedervereinigung«.

»Wenn es zur Wiedervereinigung kommt, dann wandere ich aus. Ich will nicht in einem neuen Großdeutschland leben – schreckliche Vorstellung!«

Ich nahm das noch nicht ernst, hielt es für ein Symptom der natürlichen Nervosität eines jungen Mannes mit akademischen Ambitionen: Ohne die DDR hätte er sein Spezialgebiet, die DDR-Literatur, verloren.

Was mir aber nicht aus dem Kopf ging, war der Begriff »Wiedervereinigung«. Wieso hatte Konrad-Otto sofort ganz selbstverständlich diese Formulierung verwendet, die, wir wissen es, wenig später allgegenwärtig war? »WIEDERvereinigung« – obwohl doch diese beiden Staaten, die BRD und die DDR, nie zuvor vereinigt gewesen waren. Es hatte alle möglichen Deutschlands gegeben, das von Tacitus beschriebene »Germanien«, ein topographisch nicht klar begrenztes Siedlungsgebiet verschiedener Völker, dann rund zweihundert deutsche Kleinstaaten und Fürstentümer, drei Reiche, eine Republik, kurz auch eine Räterepublik, und dann eben diese beiden Staaten, eigentlich drei, wenn man, wie es jeder Kärntner fordert, auch Österreich zu den deutschen Staaten zählt. Aber es hatte in dieser ganzen Geschichte nie eine Vereinigung von BRD und DDR gegeben, weder politisch noch territorial – wieso sprach Konrad-Otto, und bald die ganze Welt, von »Wiedervereinigung«?

Da fiel es mir plötzlich ein. Wie hatte ich das vergessen können? Deutlich kamen die Erinnerungen. Alles stand mir wieder klar vor Augen. Auch und vor allem mein eigener, zwar kleiner, aber doch exemplarischer Beitrag zur Vereinigung dieser beiden deutschen Staaten.

Ich habe neben meinem Tagebuch, in das ich nach Möglichkeit täglich etwas hineinschreibe, ein zweites – ich nenne es »Das wahre Tagebuch«: Hier notiere ich die Wahrheit, und weil sie oftmals einige Zeit braucht, bis sie zu Tage tritt oder mir klar wird, kann ich diese Eintragungen naturgemäß immer nur rückdatiert machen. Im August 2009, nach dem Treffen mit Konrad-

Otto, bei dem er mich nach meinen Erinnerungen an die Nacht, in der die Mauer fiel, befragt hatte, schrieb ich also in mein »Wahres Tagebuch«:

»10. November 1989. Als ich im Fernsehen die Bilder der Maueröffnung sah, sprang ich auf und suchte mein Briefmarkenalbum.«

Ebendies sprach ich Konrad-Otto auf Band: Meine erste Reaktion, als ich die Bilder von der Maueröffnung im Fernsehen sah und mir klar wurde, dass dies unvermeidlich zur Wiedervereinigung führen musste, war, dass ich mich aufgeregt daranmachte, mein Briefmarkenalbum zu suchen.

Ich merkte, wie Konrad-Otto kurz mit dem Gedanken spielte, das Tonbandgerät wieder abzuschalten, aber dann fragte er doch: »Warum? Was hat dein Briefmarkenalbum mit dem Fall der Mauer zu tun?«

Ich war zehn Jahre alt, erzählte ich, es muss das Jahr 1964 gewesen sein, als ich, so wie damals viele Kinder in diesem Alter, begann, Briefmarken zu sammeln. Ich ordnete sie in meinem Album nach Nationen: Österreich, Deutschland, England, Frankreich und so weiter. Es brauchte einige Zeit, bis ich beim Einordnen neuer Eroberungen, die ich eingetauscht hatte, erkannte, dass die »Deutschland«-Marken innere Unterschiede aufwiesen, so, dass sie zwei Gruppen bildeten: die bunteren, ästhetisch irgendwie lieblicheren, auf denen »Deutsche Bundespost« stand, und die etwas farbloseren, ästhetisch strengen, zugleich surrealen (im Zentrum ein dreibeiniger Hammer!), auf denen »Deutsche Demokratische Republik« stand. Die »Deutschland«-Abteilung in meinem Album zerfiel in

zwei Lager, und auch wenn es mir nicht gleich aufgefallen war, nun konnte ich es nicht mehr übersehen.

»Nein«, sagte mein Vater. »Das ist kein dreibeiniger
Hammer, sondern ein Hammer und ein Zirkel!« Und
er erklärte mir, dass es zwei Deutschlands gab, zwei
verschiedene deutsche Staaten. Ich glaubte damals
meinem Vater alles, mehr noch: Was er sagte, war für
mich gleichbedeutend mit einem Naturgesetz – aber
zwei Deutschlands? Das stürzte mich in tiefe Ver-
wirrung, das erschien mir unglaubwürdig und völlig
unverständlich. Es war, als hätte er gesagt, dass ich
zwei leibliche Mütter hätte oder dass Horst Nemec
nicht nur für die Wiener Austria, sondern auch für
Rapid spiele. Das ergab keinen Sinn, das konnte nicht
sein.

Tagelang überlegte ich, meine Deutschland-Marken
zu trennen und in meinem Album zwei Deutschlands
anzulegen. Ich hielt ja auch England und Schottland
auseinander, obwohl sie zusammen das Vereinigte Kö-
nigreich bildeten – aber Deutschland und Deutschland? Ich zupfte mit meiner Pinzette im Album herum,
steckte Marken da- und dorthin, sortierte sie auseinander, aber dann beschloss ich, die beiden Deutschlands
doch wieder zu vereinigen, die Marken in Frieden
und Eintracht beisammenzulassen. Die Entscheidung
wurde mir dadurch erleichtert, dass ich just in dieser
Zeit zum ersten Mal fernsehen durfte. Mein Onkel,
ein wohlhabender Import-Export-Kaufmann, war der
Erste in der Familie, der einen Fernsehapparat hatte.
Und ich durfte zu ihm gehen, um mir Übertragungen
von den Olympischen Spielen anzusehen. Deshalb

weiß ich auch, dass es das Jahr 1964 war: Da fanden die Olympischen Spiele in Tokio statt.

Hätte ich nicht gerade das Problem mit meinem Briefmarkenalbum gehabt, es wäre mir vielleicht gar nicht aufgefallen. Aber so bekam es für mich eine enorme Bedeutung und blieb unvergessen: Sportler aus beiden Deutschlands traten als gemeinsame Mannschaft an: »Vereinigtes Deutschland«.

Die Mauer wurde 1961 gebaut, sagte ich zu Konrad-Otto, und drei Jahre später gab es bei den Olympischen Spielen ein vereinigtes Deutschland.

»Du spinnst«, sagte Konrad-Otto, »das kann nicht sein.«

Doch. Ich kann mich erinnern. Das olympische Länderkürzel der beiden deutschen Staaten lautete EUA – »Équipe unifiée d'Allemagne«. Und die gemeinsame Hymne war übrigens Beethovens Neunte, die Ode an die Freude – die beiden deutschen Staaten traten also als EU an, mit der heutigen Europahymne! Ist das nicht irre?

»Ich glaube dir kein Wort«, sagte er.

Du kannst ja zu Hause googeln, sagte ich. Jedenfalls: Ich dachte damals, dass mir diese Vereinigung das Recht gibt, auch in meinem Briefmarkenalbum die beiden Deutschlands zu vereinigen. Deshalb kann man nach 1989 füglich von »Wiedervereinigung« reden. Und das ist auch der Grund, warum ich in der Nacht, als die Mauer fiel, mein altes Briefmarkenalbum suchte. Du hast mich nach meinen Gefühlen gefragt. Nun, ich fühlte mich, als ich mein Album wiederfand, von der Geschichte bestätigt.

Konrad-Otto schaltete das Tonbandgerät ab, sagte: »Ganz im Ernst, die Geschichte vom vereinigten Deutschland bei der Olympiade stimmt?«

Ja, sagte ich, es war alles schon angelegt. Schau dich an!

»Mich anschauen? Was meinst du?«

Wer war deutscher Kanzler, als du zur Welt kamst?

»Konrad Adenauer.«

Und wer war DDR-Ministerpräsident?

»Weiß ich nicht.«

Otto Grotewohl.

»Das ist mir noch nie aufgefallen«, sagte Konrad-Otto. Es war ihm eine leichte Rührung anzumerken. Tja, sagte ich, das ist wohl charakteristisch für die deutsch-österreichische Freundschaft: Wir kennen eure Geschichte, und ihr glaubt uns unsere.

Wir tranken unser Bier schweigend, schließlich sagte Konrad-Otto: »Du hast es wirklich noch, dein Briefmarkenalbum?«

Nein, sagte ich. Ich habe es meiner Tochter geschenkt, als sie zehn war und zu sammeln begann. Das war im Jahr 2000. Sie hat alle meine Marken in ihre Sammlung eingeordnet und – weißt du, was sie in ihrer pedantischen Art zu mir gesagt hat? Papi, du hast ja zwei Länder, BRD und DDR, vermischt und zu einem gemeinsamen Kapitel gemacht. Ist dir das nie aufgefallen? Typisch!

»Und?«

Sie hat die Marken dann säuberlich getrennt.

»Was will uns das sagen?«

Zwei Bier!

Aufklärung kommt vor dem Fall

Als ich an jenem 11. September mit Pflastersteinen auf Polizisten warf, hätte ich es nie für möglich gehalten, dass ich einmal selbst Polizist werde.

Es war der 11. September 1973. Ich weiß nicht mehr, wie ich vom Putsch in Chile und der Ermordung Präsident Allendes erfahren hatte. Ist es nicht seltsam? Ich kann mich heute nicht mehr erinnern, wie es in einer Zeit ohne Internet und Handy überhaupt möglich war, dass sich Informationen wie ein Lauffeuer verbreiteten. Aber ich hatte irgendwie davon erfahren, auch von der Erklärung Henry Kissingers, der bereits wenige Stunden nach Allendes Tod gutgelaunt einräumte, dass die USA immer bereitstünden, befreundeten Völkern zu helfen.

Ich nahm sofort ein Taxi. Es gab keine Absprachen. Ich kann mich nicht erinnern, dass herumtelefoniert worden wäre, um eine spontane Kundgebung zu organisieren. Es war einfach klar: Ich musste sofort zur Botschaft der USA. Ich war damals Anfang zwanzig, ein verträumter, zur Schwermut neigender Philosophiestudent. Ich hatte wenig Geld. Ich glaube, ich war der einzige Wiener Student, der damals mit dem Taxi zu einer Demo fuhr. Aber es hätte mir an diesem Tag mit der Straßenbahn zu lange gedauert.

Das war die Wut.

Vielleicht brauchten wir damals keine Handys, weil

wir auch ohne technische Geräte mitbekamen, was in der Luft lag. Die Wut.

Als ich in der Boltzmanngasse ankam, hatten sich bereits einige Hundert Menschen vor der Botschaft versammelt. Es wurden minütlich mehr. Ich sah mich plötzlich da stehen, die geballte Faust rhythmisch hochstoßen und mit den anderen schreien: »Allende, Allende, dein Tod ist nicht das Ende!«

In Wahrheit war es nicht die geballte Faust. Ich hatte ein Buch dabei, ein Exemplar der »Dialektik der Aufklärung« von Horkheimer/Adorno, das ich schon den ganzen Tag mit mir trug. Also stieß ich dieses Buch in die Luft, als wir »Allende, Allende …« zu rufen begannen. Am nächsten Tag war ein Foto im Wiener *KURIER*, auf dem ich zu sehen war, wie ich das Buch in die Höhe streckte und schrie. Darunter stand: »Studenten demonstrierten mit Mao-Bibel vor der US-Botschaft«.

An der Ecke Boltzmanngasse/Strudlhofgasse befand sich eine Baustelle. Ich glaube, dass wir die Steine von dort holten. Zugleich fuhren immer mehr Polizeiautos vor. Da sah ich Werner, einen Freund aus dem Philosophie-Seminar. Dass ich nicht verhaftet oder verletzt wurde, habe ich ihm zu verdanken. Er hatte Angst. Ich hatte den Eindruck, dass er hyperventilierte. Er keuchte, mehr noch: Er hechelte. Er zog an meiner Jacke, zerrte mich weg. Ich dachte, dass ich mich um ihn kümmern müsse.

Werner litt, wie ich wusste, an einer Herzinsuffizienz. Er war überzeugt davon, dass es der Kapitalismus sei, der ihn krank machte, weshalb er jegliche Behandlung durch die bürgerliche Schulmedizin verweigerte. Einen marxistischen Herzspezialisten, mit dem er eine Therapie hätte diskutieren können, die vom Kapitalismus als Krankheitsursache ausging, gab es in Wien nicht. Keine zwei Wochen nach der Kundgebung vor der amerikanischen Botschaft wäre Werner, übrigens während eines Wilhelm-Reich-Arbeitskreises zur »Funktion des Orgasmus«, beinahe an seiner Krankheit gestorben.

Ich selbst erfreute mich damals bester Gesundheit. Nur ein einziges Mal – ich hatte mir beim Fußballspiel Trotzkisten gegen Spontis das Bein gebrochen – war ich in die Verlegenheit gekommen, ärztliche Hilfe in Anspruch zu nehmen. Ich erwähne das deshalb, weil mir Werners Standpunkt nicht nur verrückt, sondern insgeheim auch plausibel erschienen war. Hätte ich Werners Krankheit gehabt – gut möglich, dass ich damals gestorben und ein unbekanntes Opfer der Auseinandersetzung der Weltsysteme geworden wäre.

So herrisch sich die westliche Welt in Chile gezeigt hatte, so hilflos war sie damals gegenüber den arabischen Ländern. 1973 gab es nicht nur den heute vergessenen 11. September, es war auch das Jahr der sogenannten »Energiekrise«. Die Scheichs, so stand es in den Zeitungen, »drehten den Ölhahn zu«. Das war es, worüber sich die ganze Republik empörte: Primitive Wüstenhäuptlinge, die zufällig auf den größten Erdölreserven der Welt saßen, zwangen die demokratischen Hochkulturen zu Verzichtleistungen. Der österreichische Kanzler empfahl allen Männern, sich nicht mehr elektrisch, sondern nass zu rasieren, um Energie zu sparen. Es wurde ein »autofreier Tag« eingeführt, um den Benzinverbrauch zu drosseln, und in den Schulen die »Energieferien«, um Heizkosten zu sparen.

Damals, als in den Zeitungen ständig von der »Energiekrise« die Rede war, hatte ich eine ungeheizte Wohnung und litt kraftlos an einer Sinnkrise. Beides hatte allerdings nichts mit der Energiekrise zu tun. Mein Vater hatte seine monatlichen Zahlungen eingestellt. Er hielt mein Philosophiestudium für blanken Müßiggang – hart an der Grenze zur Kriminalität.

Er legte den *KURIER* auf den Tisch.

Mein Sohn, ein randalierender Maoist!

Ich bin kein Maoist.

Bist du das? Auf diesem Foto?

Ja.

Er nickte.

Ich bekam einen Fieberschub von Hass und Verachtung. Dieses Nicken meines Vaters erschien mir als der Inbegriff von Idiotie, Selbstgerechtigkeit und emotionaler Verrottung. Er wusste nicht, was Maoismus war. Er konnte nicht wissen, ob ich tatsächlich dem Maoismus anhing. Er konnte also auch nicht wissen, dass ich diese Fraktion ablehnte und nichts mit ihr zu tun hatte. Aber die Art, wie er nur durch ein Nicken klarmachte, dass er es gar nicht wissen wollte, dass er nicht bereit und nicht im Geringsten interessiert war, darüber zu reden und etwas von mir zu erfahren, die Härte, mit der er in jedem Fall sein Urteil sprach, ohne sich um Aufklärung bemüht zu haben, machte mich sprachlos. Wie er lieber seinen Sohn verurteilte, als einen Satz aus einer Boulevard-Zeitung zu hinterfragen!

Diese Karikatur einer archaischen Schicksalstragödie, wie er mit steinernem Gesicht seinen Sohn verstieß! Ich wollte ihm so viel sagen, dass ich kein Wort herausbrachte. Den vom CIA organisierten Putsch gegen den demokratisch gewählten Präsidenten eines souveränen Staates nahm er als »Weltpolitik« hin, aber dass sein Sohn an einer Kundgebung gegen diesen Putsch teilgenommen hatte, zur Verteidigung der Demokratie, in einem Land mit Demonstrationsfreiheit, entsetzte diesen braven Staatsbürger, der nun meinte, gebieterisch einschreiten zu müssen.

Ich sagte kein Wort. Er sagte noch einige Sätze, im Grunde aber nur dies: Kein Geld mehr, bis ich »vernünftig« geworden sei.

Ich stand auf und ging. Ich wünschte ihm den Tod. Heute bin ich sehr froh, dass ich auch diesen Satz nicht ausgesprochen habe.

Er hatte damals schon Krebs, aber das wusste ich noch nicht.

Ich saß also in einer ungeheizten Wohnung und hatte die Sinnkrise. Ich fragte mich, ob mir mein Studium so viel bedeutete, dass ich auch bereit war, es durch Jobs selbst zu finanzieren. Philosophie! Und was dann? Ich war von den Bedenken meines Vaters nun selbst schon angekränkelt.

Ich ging in Vorlesungen und fragte mich danach bei Durchsicht meiner Mitschriften, ob ich beim Mitschreiben oder der Professor beim Vortragen deliriert hatte. Ich machte noch zwei oder drei Prüfungen, die lediglich Triumphorgien der Professoren waren, die, nur wenige Jahre zuvor mit Tomaten beworfen,

sich nun bei der nächsten Studentengeneration unge-
straft dafür rächen konnten: »Brav gelernt, Herr Kol-
lege, aber ich kann Ihnen nur ein ›genügend‹ geben,
weil: Sehr gut ist der liebe Gott, gut bin ich, und dann
kommt lange nichts.«

Im März 1974 starb Werner. Nein, es war nicht das
Herz. Er hatte einen Autounfall. Ich ging zum Begräbnis und traf dort ein kleines Fähnlein von Ehemaligen: ehemalige Studentenführer, Kommunegründer,
Revolutionsdichter, Parteiengründer – fast jeder, mit
einer halbvollendeten philosophischen Doktorarbeit
im fünfzehnten bis zwanzigsten Semester, ein Veteran
des Übergangs von der Theorie zur Praxis. In der Aufbahrungshalle hielt Werners Doktorvater, Professor
Benedikt, eine Rede, die mein Leben – nicht verän-
derte, aber immerhin meinen stummen Lebensfilm zu
diesem Zeitpunkt vernünftig untertitelte. »Man kann«,
sagte er, »ein Leben, zumal ein so kurzes, nicht phä-
nomenologisch analysieren. Es ist eine Erscheinung,
ohne dass ein Sinn feststellbar wäre in seinen Zusam-
menhängen mit anderen Erscheinungen und am Ende
dem Tod!«

Es kam zu Unruhe. Manche riefen: »Lauter!« Die
Akustik in der Aufbahrungshalle war sehr schlecht.
Und Professor Benedikt senkte den Kopf ganz nahe
an das Mikrophon und sagte – in übersteuerter Über-
lautstärke, als spräche ein Gott mit Donnergewalt:
»Im Einzelnen waltet der Zufall, im Ganzen allein
der Sinn …« – Er machte eine Pause und fügte hinzu:
»… oder, wie in bestimmten historischen Epochen,
auch hier die Sinnlosigkeit!«

Ich ging. Der Kiesweg des Zentralfriedhofs. Die Alleen der Steine. Ich wusste, dass eine Epoche zu Ende war: die der weltgeschichtsgesättigten Psychosomatiker. Damit war auch mein Philosophiestudium beendet.

Was tun? In Deutschland waren einige Achtundsechziger zu Kaufhausbrandstiftern geworden – und ich begann in Wien in einem Kaufhaus zu arbeiten! Auch das war eine Folge von 1968: der Anstieg der Ladendiebstähle in solchem Ausmaß, dass Kaufhausdetektive angestellt werden mussten. Ich hatte keine Qualifikationen außer einem abgebrochenen Philosophiestudium mit einer unvollendeten Seminararbeit über die »Dialektik der Aufklärung«, und Kaufhausdetektiv war unter den Jobs, die man mir anbot, der einzige, den ich mir körperlich zumuten wollte. Ich weiß nicht, was ich bald als trostloser empfand: die Auseinandersetzungen mit den kleinen Ladendieben, die ich ertappen und abliefern musste, um meinen Job zu behalten, oder die Gespräche mit den Verkäuferinnen, wenn ich aus Mitleid wieder wegschauen wollte. Elend und Borniertheit hielten sich dabei in einer so perfekten Weise die Waage, dass ich den Eindruck hatte, dass es doch eine geheime Weltordnung geben müsse.

Als ich kündigte, hatte ich erstmals eine Qualifikation: ein Jahr Berufserfahrung als Detektiv. Das genügte damals, um eine Anstellung bei der Polizei zu bekommen, im Innendienst, Falschgelddezernat, wo ich mit einer Automatik, der ich mich lethargisch ergab, durch regelmäßige Vorrückungen eine erstaunliche Karriere machte – die mir übrigens in meinem sozialen Leben überraschenderweise nicht schaden sollte: Als ich Polizist wurde, war ich sicher, nun von meinen alten Freunden verachtet und gemieden zu werden. Tatsächlich aber wurde ich von den Helden der Studentenkämpfe bereits beim zehnjährigen Jubiläum von 1968 als Beispiel dafür gefeiert, dass der Marsch durch die Institutionen in Österreich besonders geglückt sei. Das ging beim fünfzehn- und zwanzigjährigen Jubiläum so weiter, die Geschichte wurde fast schon zu einem Heldenepos. Was sie alle nicht wissen konnten, war, dass ich mich bewusst um einen Dienstposten im Falschgelddezernat beworben hatte, weil ich einen Arbeitsplatz wollte, der mich möglichst nicht mehr behelligte. Bekanntlich gab es in Österreich kein Falschgeld. Wer die Mittel und Möglichkeiten hatte, gut gemachte Blüten herzustellen, verschwendete seine Zeit nicht mit Schilling, sondern produzierte gleich D-Mark.

Ausschlaggebend dafür, dass ich an einen Schreibtisch im Staatsdienst wechselte, war also keineswegs die Illusion, dass ich von dort aus irgendetwas verändern könnte: die Welt, die Gesellschaft oder gar mich selbst. Es war einfach ein bezahlter Rückzug.

Aufklärung war der große Anspruch der Zeit, in der ich erwachsen wurde. Als ich studierte, ging es um nichts anderes: Man musste der Mann sein, der in jedem Fall am Ende Bescheid wusste. Ich sammelte und ordnete Fakten, untersuchte Zusammenhänge, hinterfragte Motive, ging allen Informationen nach, entwickelte Theorien, suchte nach Schuldigen, glaubte, dass ich etwas zu verstehen begann, kam zu einer Lösung. Das nannte man damals Bildung. Die Bildung eines Weltbilds. Wer die Welt von links betrachtete, sah bald nur noch Täter und Opfer, Zeugen und gesetzlose Rebellen. Aber nie hätte ich gedacht, dass ich einmal Polizist werden würde. Hätte ich die Erfahrung gemacht, dass man Fälle wirklich aufklären kann – ich wäre mit Leidenschaft Detektiv geworden, oder zumindest Philosophie-Professor.

Ich wollte das nicht, aber ich wurde es: abgebrüht. Manchmal, ganz selten, erlebte ich noch Momente der Leidenschaft, in bestimmten Situationen nippte ich daran wie an einem Glas Champagner, wissend, dass das nicht der Alltag war.

Ich wurde auf Empfehlung meines Vorgesetzten Mitglied in seinem Tennis-Club, lernte brav das Spiel und war auch hier ohne jeden Ehrgeiz einigermaßen erfolgreich: Ich bekam den Spitznamen »Die Wand«. Ich machte keine Punkte, ich lebte von den Fehlern der Gegner. Ich gewann immer wieder ein Match, bis ein anderer stärker war als ich, einer, der wirklich Punkte machen konnte. Ich lernte im Club eine Frau kennen, die mich dazu verführte, die Leidenschaft neu zu lernen. Ich lernte das Spiel. Ich war »Die Wand«. Doch dann konnte ein anderer bei ihr wirklich punkten. Was von dieser Affäre blieb, war ein Kind. Ein Sohn.

Ich konnte ihm nicht widersprechen, als er mit achtzehn zu mir sagte, er finde Bullen scheiße. Ich war selbst schuld. Als ich nach seiner Geburt mit seiner Mutter darüber diskutierte, wie er heißen sollte, wollte ich unbedingt, dass er den Namen eines Revolutionärs und Freiheitskämpfers bekam. Da fiel es mir erst auf: dass alle Revolutionäre völlig unattraktive Namen hatten: Karl, Friedrich, Ferdinand, Leo – niemand hätte da an einen Freiheitskämpfer gedacht. Oder Vladimir, Fidel, Che – diese Namen hätten dem Kind nur Gespött eingebracht. Bei einer Tochter hätten wir es einfacher gehabt: Rosa oder Olga. Oder Alice. Aber es war leider ein Sohn.

Schließlich machte ich mit verzweifelter Ironie einen allerletzten Vorschlag: Zorro.

Wie kommst du auf Zorro?

Der letzte Freiheitskämpfer, der mir noch einfällt.

Freiheitskämpfer? Sagte sie. Im Grunde war Zorro ein Robin Hood.

Also Robin?

Robin.

Es wäre übertrieben zu behaupten, dass ich meine Stelle bei der Polizei aufgab, um Robins Liebe zurückzugewinnen.

Es war Mitte Dezember 2001, unmittelbar vor der Einführung des Euro. Ich traf Robin zu einem Abendessen.

Wie geht es dir?

Geht so.

Und deiner Mutter?

Geht so.

Ich hasse es, wenn jemand so beharrlich wortkarg ist, dass ich mich dazu gezwungen fühle, ununterbrochen zu reden, nur damit jene Peinlichkeit nicht aufkommt – die ich dann durch mein Reden erst recht produziere. Wie er aussah! Eigentlich hätte ich ihn we-

gen Verstoßes gegen das Vermummungsverbot fest-
nehmen müssen.

Kannst du bitte wenigstens im Restaurant diese Kapuze runternehmen?

Wen stört's?

Mich.

Er nickte.

Du bist kein Amt, sagte ich. Ich habe keine Eingabe
gemacht, die du jetzt lange prüfen musst.

Ist ja gut, sagte er und strich die Kapuze zurück. Er
saß mit gesenktem Kopf da und sah mich an, als würde
er noch immer unter seiner Kapuze hervorschauen. So
trotzig von unten herauf hatte auch ich meinen Vater
angeschaut, damals, als er mir bei einem Abendessen
eröffnete, dass er mein Studium nicht länger finanzieren werde. Da war ich älter gewesen als Robin heute.
Aber ich hatte auch nichts zu sagen gewusst.

Ich sah Robin an, versuchte ein verständnisvolles,
komplizenhaftes Lächeln. Wie er schaute! Es machte
mich aggressiv. Ich ertrug es nicht. Sein muffiger Blick.
Er war kein Rebell. Er war ein blöder Pubertierender,
aber aus dem Alter sollte er eigentlich heraus sein.

Mein Sohn war die Wand, von der mein Missver-
gnügen zu mir zurückprallte.

Weißt du, sagte ich, nur um irgendetwas zu sagen:
Es gibt Dinge, die kann man nicht machen, wenn man
ihre Bedeutung kennt. Ein freier Mann darf zum Beispiel keinen Zopf tragen. Es gibt junge Menschen, die
tragen ein Zöpfchen und halten sich für Rebellen. Aber
der Zopf war das Symbol für den Adel. Deshalb nennt
man ja alles Rückständige »verzopft«. Es war eine der

großen Leistungen der bürgerlichen Gesellschaft, dass sie die alten Zöpfe abgeschnitten hat, buchstäblich und metaphorisch, und wer also heute einen Zopf –

Ich habe keinen Zopf, sagte er.

Ja. Ich sage nur. Oder Nasenringe. Das geht einfach nicht. Junge Menschen halten das für ein Symbol der Aufsässigkeit, aber es ist ein Symbol der Unterwerfung, es zeigt: Ich bin bereit, mich an der Nase herumführen zu lassen.

Siehst du bei mir ein Piercing? sagte Robin. Nicht in der Nase, und auch nicht –

Er streckte die Zunge heraus.

Ist ja gut, sagte ich. Du verstehst, was ich meine. Wer also kein Bär ist, sollte keinen Nasenring tragen. Was ich sagen wollte –

Der Kellner brachte die Speisekarten.

Was ich sagen wollte, ist: Wer nicht beim Ku-Klux-Klan ist, trägt keine Kapuze.

Wir öffneten die Speisekarten. Ich hatte mich nach einer halben Minute entschieden, aber Robin erweckte den Eindruck, als wollte er die Speisekarte auswendig lernen, inklusive der Jahrgänge der Flaschenweine.

Nach zehn Minuten fragte ich ihn: Weißt du schon? Was?

Was du willst.

Weißt du, was du willst?

Ja, sagte ich.

Und bekommst du, was du willst?

Ich schaute ihn an. Da kam der Kellner. Ich bestellte. Robin sagte, er nehme das Gleiche.

Und zu trinken, fragte ich. Apfelsaft?

Du hast doch eine Flasche Wein bestellt.

Ja.

Ist gut.

Dazu eine große Flasche Wasser, sagte ich zum Kellner.

Ich nahm mir immer vor, in Restaurants vor dem Essen kein Brot zu essen, und konnte doch nie widerstehen. Robin versuchte, oder tat so, als versuchte er es, mit der Gabel eine Olive aufzuspießen, aber ständig sprang sie weg und rollte über den Teller, er stach zu, und die Olive sprang weg, ich mampfte Brot, das ich in Olivenöl tunkte, und sah mit wachsender Irritation zu, wie Robin immer wieder mit der Gabel auf die Olive einstach, die jedesmal unter der Gabel wegrollte.

Was machst du da? fragte ich.

Ich mache sie müde.

Lass den Unsinn, sagte ich. Wir müssen reden.

Worüber? Über das Taschengeld?

Er öffnete die Speisekarte und studierte sie wieder.

Ich habe dir etwas mitgebracht, sagte ich. Hier! Das Startpaket.

Ich legte es vor ihn hin. Eine in Plastik eingeschweißte Sammlung aller Euro- und Cent-Münzen, im Gegenwert von 100 Schilling, in Summe also sieben Euro. Diese »Startpakete« wurden damals von den Banken ausgegeben, damit man sich schon vor dem 1. Januar mit diesen Münzen vertraut machen konnte.

Danke, sagte Robin. Weißt du, was Oma gesagt hat?

Nein. Was hat sie gesagt?

Dass du jetzt deinen Job verlieren wirst.

Warum?

Es steht ja jeden Tag in der Zeitung. Noch nie in der Geschichte gab es so fälschungssicheres Geld wie den Euro. Es wird jetzt lange kein Falschgeld mehr geben.

Warum? Es ist für Geldfälscher einfach eine neue Herausforderung.

Aber wozu soll man sich die Mühe machen, Geld zu fälschen, wenn es genügt, das Geld falsch umzurechnen?

Es gibt ein Gesetz, das das verbietet.

Und bist du dafür zuständig? Man wird Leute wie dich nicht mehr brauchen. Oma hat gesagt, man wird uns ganz offiziell betrügen, wir werden nicht auf Falschgeld, sondern auf das neue Geld hereinfallen. Wie bei der Währungsreform 1947.

Was weißt du von der Währungsreform 1947?

Was Oma erzählt hat.

Ich kannte mich jetzt überhaupt nicht mehr aus. Robin rebellierte gegen mich – aber mit Geschichten meiner Mutter!

Der Kellner brachte die Vorspeisensalate und wollte die Speisekarten mitnehmen.

Robin hielt die seine fest und sagte: Die brauche ich noch!

Was macht das Studium? fragte ich.

Geht so.

Das heißt?

Es war seltsam. Mein Sohn studierte Philosophie. Ich hätte das verstehen sollen. Oder gar Genugtuung empfinden. Aber ich verstand es nicht. Wir aßen den Salat.

Der Kellner servierte die Teller ab. Wieder wollte er die Speisekarte mitnehmen, aber Robin legte die Hand darauf: Nein, die brauche ich noch.

Also, sagte ich. Dein Studium! Welche Vorlesungen besuchst du?

Einführung in die Philosophie Eins. Einführung in Religionsphilosophie.

Religionsphilosophie? Ist das Pflicht?

Ja. Und Einführung in die Logik. Dann noch Politische Utopien, aber –

Politische Utopien?

Ja. Aber findet nicht statt.

Was heißt, findet nicht statt?

Was ich sage: war angekündigt, ich habe mich eingeschrieben, aber es findet nicht statt. Und dann noch Klimawandel.

Bitte was?

Klimawandel. Aus ethischer und wissenschaftsphilosophischer Sicht.

Was ist das?

Hauptvorlesung. Pflicht im ersten oder zweiten Semester.

Ich schüttelte den Kopf. Robin nahm die Speisekarte und steckte sie in seinen Rucksack. Der Kellner brachte die Pasta.

Ich bestellte immer etwas Vegetarisches, wenn ich Robin zum Essen traf. Er aß kein Fleisch. Und ich legte bei Tisch Wert auf Symmetrie. Mit jemandem zu essen sollte in jeder Hinsicht etwas Gemeinsames sein. Ich beobachtete ihn, wie er den Wein trank. Er hatte nicht viel Erfahrung mit Alkohol. Er trank den Wein

wie einen Saft, hielt dann erschrocken inne und trank
sehr viel Wasser nach. Die Pasta war grauenhaft. Dieses
Gemüsesugo war viel zu fett. Ich nippte an meinem
Wein, sah Robin an. Er aß mit Appetit. In seinem Alter
hatte man noch einen guten Magen. Ich schob meinen
Teller weg, wollte nicht aufessen.

Hat es geschmeckt?, fragte der Kellner, als er abser-
vierte.

Ja, sagte ich. Ausgezeichnet.

Robin sah mich an und lachte.

Ich weiß genau, was du denkst, sagte ich.

Ist okay, sagte er.

Als Dessert hatten wir Zitronensorbet. Mit einem
Schuss Champagner? Ich hatte erwartet, dass Robin
ablehnen würde, aber er sagte: Ja, gerne.

Endlich schaute er mich an. Dass er mich so gerade-
heraus ansah, war mir jetzt genauso unangenehm wie
sein gesenkter Blick am Anfang.

Weißt du, worauf ich jetzt Lust hätte?, fragte er.

Ich sah ihn an.

Auf einen Bummel.

Auf einen Bummel?

Ja. Hast du Lust? Wir gehen durch ein paar Lokale
und –

Er trank den geschmolzenen Rest seines Sorbets.

Und nehmen überall die Karten mit.

Die Karten?

Ja. Die Speisekarten, die Getränkekarten. Und in
einem Jahr wiederholen wir diese Runde und vergleichen die Preise.

Ich musste lachen. Er verarschte mich. Aber ich

fand es witzig. Und es wurde witzig. Wir waren wie zwei Detektive, die Beweismaterial zusammentrugen. Gutbürgerliche Lokale bekamen die Aura suspekter Orte. Je später es wurde, desto zwielichtiger wurde das Feld, das wir durchkämmten. Wir sprachen nicht viel. Wir verstanden einander.

Ein dreiviertel Jahr später nahm ich das Angebot der Polizeidirektion an, mit großzügiger Abfindung und Sozialplan aus dem Polizeidienst auszuscheiden. Bald darauf, im Frühjahr 2003, fand ich eine Stelle bei einer privaten Detektiv-Agentur. Beim fünfunddreißigjährigen Jubiläum von 1968, einer riesigen Party im Wiener Rathaus mit dem Bürgermeister, dem Kulturstadtrat und dem Wissenschaftsminister, wurde ich als Held gefeiert: Ich bediente perfekt die romantischen Gefühle der Alt-Achtundsechziger, die in mir nun eine Art Philip Marlowe sahen, einen Aufklärer im doppelten Wortsinn.

Bei dieser Feier traf ich die frühere Freundin von Werner. Sie trug eine große rote Brille, durch die Augen voller Melancholie hervorschauten.

Ich glaube, Werner hätte die Welt heute nicht gefallen, sagte sie.

Ich weiß nicht, sagte ich. Ich glaube, dass jedem, der lebt, die Welt besser gefällt als einem Toten.

Robin gründete eine Facebook-Gruppe gegen den Euro-Umrechnungsbetrug, brach bald darauf sein Studium ab und fand eine Anstellung bei der Arbeiterkammer in der Abteilung für Konsumentenschutz.

Im Grunde ist er eine Art Polizist geworden. Konsumentenschützer. Ich werde das nie verstehen. Ich habe sein Philosophiestudium unterstützt. Aber er ist eine Art Polizist geworden.

Ich sitze an einem Schreibtisch in der behördlich konzessionierten Detektivagentur Fränzl. Es ist ein grauer Tag, dem Kalender nach ein Frühlingstag, ein Tag im Mai, aber einer von der Sorte, wie es sie in Wien auch im Herbst und Winter gibt. Einer jener Tage, die nicht einmal Liebende euphorisch machen, an denen kein Dichter Eindrücke ausdrückt, an denen diejenigen, die rasch mal Zigaretten holen gehen, wieder träge nach Hause zurückkehren, ein Tag, an dem die grauen Anzüge der Kleinbürger in der grauen Atmosphäre wie Tarnanzüge wirken. Ich tippe den Endbericht eines schon abgeschlossenen Falles, lästige Papierarbeit, die so grau ist wie das Licht hinter dem Fenster.

Noch sechs Jahre bis zur Rente.

Anekdoten mit Toten

Ein Triptychon

I.

In einem Interview, das er Ende der siebziger Jahre
der österreichischen Tageszeitung »Die Presse« gab,
erzählte Thomas Bernhard, dass er bei einem Besuch
der Steiermark (»ein Bundesland, das noch deprimie-
render ist als Kärnten! Andererseits: man erspart sich
dort Oberösterreich!«) vom Wirt des »Landgasthofes
mit Fremdenzimmern«, wo er »als Fremder selbstverständlich ein Zimmer« genommen hatte, gefragt wurde, ob er »die Presse« zu sehen wünsche. Er habe »naturgemäß« verneint. Der Wirt aber insistierte: Die
Presse werde den Gast zweifellos interessieren, sie sei
aus dem Jahr 1848 und funktioniere, dank einer beizei-
ten durchgeführten »behutsamen Revitalisierung«
(»Der Wirt«, so Bernhard, »sagte tatsächlich Revitalisierung, noch dazu behutsam – woran ich einmal mehr
zu erkennen meinte, welche Verwüstungen Die Presse
in den Köpfen der Menschen anrichtet«), bis heute
auf die traditionelle Weise, so der Wirt, so Bernhard.
Genau dies sei der Grund, so Bernhard zum Wirt,
warum er an der Presse nicht interessiert sei. Der Wirt
verstand nicht und insistierte weiter – bis Thomas
Bernhard begriff, »begreifen *musste*«, dass mit der
»Presse« die alte Kürbiskernpresse gemeint war, mit

der der Wirt sein »tatsächlich unvergleichliches« Kernöl produzierte.

Im Grunde, so Bernhard in diesem Interview weiter, sei alles, was wir Leben nennen oder gar Wiederbelebung, denn anders sei Revitalisierung nicht zu verstehen, ein einziges groteskes Mißverständnis.

Deshalb gehe er am liebsten auf Friedhöfen spazieren. In Wien zum Beispiel auf dem St. Marxer Friedhof. Der St. Marxer Friedhof sei ihm der liebste Ort. Wien sei ja tot, so Bernhard (»Denken Sie nur an den Ersten Bezirk!«), aber die Toten seien überall viel zu laut (»Wien – naturgemäß ein einziger Zombietanz!«). Auf dem St. Marxer Friedhof aber finde er Ruhe, Konzentration und vor allem die heitere Gelassenheit des Lebenden.

»Warum heiter?«, wagte der Presse-Interviewer zu fragen.

Weil er unerkannt zwischen Vergessenen spaziere, auf deren Grabsteinen »unvergessen« stehe. Und, viel wichtiger: »Die Inschriften auf den Grabsteinen des St. Marxer Friedhofs ersetzen die gesamte österreichische Literatur seit Grillparzer«, so Bernhard.

Ich war jung und beeindruckbar. Ich fuhr zum St. Marxer Friedhof. Hunderte Menschen flanierten über die Kieswege, musterten neugierig die anderen, hielten Fotoapparate bereit, rempelten im Gedränge einander an, grüßten, plauschten, lasen die Grabsteininschriften, zitierten Thomas Bernhard, riefen einander Scherzworte zu.

Bernhard hatte den St. Marxer Friedhof revitalisiert.

Der Graben soll an diesem Tag menschenleer gewesen sein.

Im Grunde, so Bernhard, ein einziges groteskes Mißverständnis.

Es wäre fast in Vergessenheit geraten.

2.

Ich habe sehr lange nicht begriffen, was der Tod ist, vor allem, dass er nicht nur »Nicht-mehr-Sein« bedeutet, sondern *bleibender* Verlust, mehr noch: Zerstörung und Verwüstung *im Leben*. Das hatte mit Onkel Alfred zu tun, damals der Lebensgefährte meiner Großmutter, bei der ich, nach der frühen Scheidung meiner Eltern, die Kindheit verbrachte. Onkel Alfred war Steinmetz, er arbeitete bei den »Schremser Granit-Werken«, ganz im Norden Niederösterreichs, hart an der tschechischen Grenze, die damals »Eiserner Vorhang« war, weshalb die Region »totes Eck« genannt wurde.

Onkel Alfred fand es unerträglich, dass er als Steinmetz-*Meister* sein Brot mit dem primitiven Brechen von Granitblöcken verdienen musste, noch dazu untergeordnet einem Sprengmeister, der, so Onkel Alfred, keine Ahnung von der Würde und Schönheit des Steins habe. »Sprengen!« Nie wieder in meinem Leben habe ich einen so tödlich angewiderten Gesichtsausdruck gesehen wie den von Onkel Alfred, wenn er »Sprengen!« sagte. Stein verdiene alle Zärtlichkeit, ihm selbst habe man als Lehrbub noch beigebracht, wie man Stein mit Weidenruten brechen könne, nur mit

Weidenruten! Heute sei diese sanfte Technik vergessen! Stein sei die Verdichtung von einer Million Jahre Leben, sagte Onkel Alfred, im Grunde das Ewige Leben, es gebe kein anderes.

Sein unerfüllter Traum war es, einmal die Pyramiden zu sehen, aber für eine Ägypten-Reise reichte sein Geld nie. (Oma war schon froh, dass er sie einmal auf einer Reise nach Mariazell begleitete.) Man könne sich heute an die ägyptischen Könige erinnern, habe sie gleichsam vor Augen, so Onkel Alfred, nicht wegen der Salben, mit denen sie eingeschmiert, nicht wegen der Bandagen, mit denen sie eingewickelt wurden, sondern wegen des Steins. Weil sie aus dem Naturwunder Stein das Weltwunder Pyramide errichten ließen. Was bitte sei eine Mumifizierung im Vergleich zu einer Petrifizierung?

Onkel Alfred investierte jeden Schilling, den er erübrigen konnte, und jede freie Stunde in seine »eigentliche Arbeit«, der er nach der Lohnschinderei im Steinbruch nachging, in sein Lebensprojekt, sein Monument des ewigen Lebens: ein Werk, das, über seinen Tod hinaus, unverwüstlich zeigen sollte, wie er den Stein beherrschte – und wie er sich zugleich demütig der Herrschaft des Steins unterwarf. Er hatte auf dem Friedhof von Langegg bei Schrems ein Grab gekauft, und dort errichtete er sein Haus. Ursprünglich hatte er bloß eine Gruft geplant (»Weil auf mich soll einmal keine Erde kommen!«), für die er Stein um Stein so lange bearbeitete, bis sie nachgerade fugenlos aufeinanderpassten und ohne Mörtel (»Pick«, sagte er) wieder zu einem erratischen Ganzen zusammenwuchsen. Alle paar Wochen nahm er vom Steinbruch einen Block mit, den er in seinem Renault-4-Kastenwagen zum Friedhof transportierte und dort mit Hammer und Meißel so lange »streichelte«, bis er sich in die anderen »einschmiegte«. Er arbeitete, wann immer er konnte, auf dem Friedhof, nach Arbeitsschluss im Steinbruch bis Sonnenuntergang und an den Wochenenden den ganzen Tag. Da war Leben auf dem Langegger Friedhof, ein stetes rhythmisches Hämmern – würden auf den Friedhöfen die Herzen unserer Toten in Panik vor der Unendlichkeit schlagen, es würde sich anhören wie Onkel Alfreds Schläge auf den Stein.

Ich verbrachte damals sehr viel Zeit auf dem Friedhof, leistete Onkel Alfred Gesellschaft, sah ihm zu, half ihm mit kleinen Handreichungen und durfte mich selbst bei einem Block, den er für mich vom Steinbruch mitgebracht hatte, mit dem kleinen »Einser-Meißel« beim »Glätten« beweisen. Auf dem Friedhof erlebte ich meine Kindheit, den Beginn meines bewußten Lebens, des Lebens schlechthin. Und eine Gruft war für mich ganz selbstverständlich etwas, vor dem man steht und nicht *zurückdenkt* an gewesenes Leben, sondern nach vorne, an den späteren, hoffentlich späten Tod. Damals war ich acht Jahre alt.

Die Gruft wuchs. Onkel Alfred konnte nicht aufhören. Aus dem kleinen Haus, in dem dereinst sein Sarg und der von Oma stehen sollten, wurde ein Turm. Dann begann dieser Turm sich nach oben hin zu verjüngen und zu einem Spitz zusammenzufügen. Daraufhin begann Onkel Alfred, die Schrägen von oben nach unten zu verlängern. Ich war elf Jahre alt, als ich begriff: Er baut eine Pyramide. Mein Gott, dachte ich, er baut eine Pyramide!

Das war nicht so einfach. Die Pyramide verlangte eine größere Breite. Dafür musste die bebaute Grundfläche ausgeweitet werden. Er kam in Konflikt mit den Grenzen zu den Nachbargräbern. Die Flächen zwischen Onkel Alfreds Grab und den Nachbargräbern verschwanden unter Steinquadern. Die Primeln auf den Gräbern des Langegger Friedhofs wurden grau von Granitstaub. Onkel Alfred hämmerte, meißelte, schlug und türmte Stein auf Stein, in die Höhe und in die Breite. Er wurde angezeigt.

Störung der Totenruhe und Besitzstörung, Hausfriedensbruch und Grenzverletzung. Jedes für sich ein schweres Vergehen. In der Kombination und an diesem Ort, dem Friedhof, einzigartig. Langegger Bauern, die regelmäßig nachts Grundsteine um ein oder zwei Meter versetzten, um ein paar Quadratmeter Wiese vom Nachbarn zu stehlen, bekriegten meinen Onkel wegen ein paar Zentimetern Friedhofsgrund. Aber Onkel Alfred war unbeirrbar. Er hämmerte und meißelte immer fanatischer, er wollte Fakten schaffen, und das überzeugendste Faktum ist die Stein gewordene Wucht der Unsterblichkeit. Er wollte auf diesem Friedhof unsterblich werden.

»So gib doch a Ruh!«, sagte Oma. Und Onkel Alfred: »Für die Ruh hab ich später Zeit!«

Nach vielen Jahren wurde gerichtlich in letzter Instanz entschieden, die Pyramide müsse beseitigt werden. Es folgte der behördliche Abbruchbescheid.

Ich war sechzehn Jahre alt, hatte meine erste Freundin, alles schien vor mir zu liegen, das Leben, ein weites Feld, und ich stand mit meiner Freundin händchenhaltend auf dem Langegger Friedhof, als die Planierraupe kam.

Du hast so harte Hände, sagte Brigitte, Schwielen – in deinem Alter!

Die Zerstörung seines Lebenswerks, die Verwüstung seiner letzten Ruhestätte, die dieser unermüdliche Mann sehenden Auges mitverfolgen musste, brach Onkel Alfred buchstäblich das Herz.

Wenn ich heute nach Langegg komme, dann lege ich einen Stein auf Alfreds Grab, einen Erdhügel, und denke an seine schwielige Faust, mit der er sein Leben lang Steine gestreichelt hat, und sage: Alfred, das Leben ist ein noch größerer Irrtum als der Tod.

3.

Immer wenn ich nach London muss, und ich muss seit einigen Jahren oft nach London, nehme ich mir vor, den Friedhof von Highgate zu besuchen.

Mein Vater ist im Jahr 1938 mit einem Kindertransport nach England in Sicherheit gebracht worden und schließlich bei Pflegeeltern in Highgate untergekommen. Das Haus habe sich unmittelbar an der Friedhofsmauer des Highgate Cemetery befunden und das Furchtbare, erzählte mein Vater, sei gewesen, dass er während der ganzen Nazi-Zeit, wenn er aus dem Fenster seines Zimmers geschaut habe, nur Tote sehen konnte, also nicht Tote, aber Grabsteine.

Er sei in die Pubertät gekommen, habe nur an Mädchen gedacht, aber wenn er, wie ein pubertierender Junge es so so tut, mit der Hand im Schritt die erhitzte Stirn im Gefühl tiefer existentieller Unsicherheit an das kühle Fensterglas drückte, dann habe er Tote gesehen, Grabsteine. Er habe daher eines Tages beschlossen, die Vorhänge zu schließen und nie wieder Tageslicht, im Grunde das Ewige Licht der Toten, in sein Zimmer zu lassen. Er war ein blasser Junge, der im Exil im Dunklen lebte, weil ihm das Licht zu morbid war.

Im Jahr 1947 ist mein Vater nach Wien zurückgekommen. Er machte den Fehler, den alle machten, die nach 1945 nach Österreich heimkehrten: er verstrickte sich in den Widerspruch, auf einem Leichenberg ein neues, freies Leben aufzubauen. Als im Mai 1967 seine host mother und wenige Monate danach sein host father starben, war er so sehr in die Anforderungen dessen verwickelt, was er als seine Karriere verstand, dass er es »bei aller Liebe«, wie er immer wieder sagte, »nicht schaffte«, zu ihren Begräbnissen nach London zu fliegen. Je älter er wurde, desto öfter betonte er seine Liebe zu den englischen Eltern, und seine Tränensäcke wurden jedes Mal größer, wenn er von ihnen erzählte.

Wenn ich nach London musste, rief mich mein Vater wenige Stunden vor dem Abflug an und sagte: Highgate! Du weißt, da liegen meine – und nach einer Pause: Eltern.

Seine Eltern, meine Großeltern, die ich gekannt hatte, lagen auf dem Wiener Zentralfriedhof, aber jedes Mal, wenn ich nach London flog: Highgate. Und nach einer Pause: Eltern.

Ja, sagte ich. Ja. Immer wieder, vor jeder London-Reise.

Aber ich fuhr nie zu dem Friedhof. Meine Termine waren immer eng gelegt, und wenn ich doch einmal zwischendurch Zeit hatte, dann wollte ich in die New Tate, da hingen Tote, die mich mehr interessierten, die bedeutendsten Künstler des 20. Jahrhunderts, oder ich fuhr einfach zur Waterloo Bridge und schaute von der Mitte der Brücke über diese Stadt, die nirgends so schön war, wie sie von diesem Punkt aus erschien.

Letztens, als ich wieder nach London musste, rief mich Vater an und – Ja!, sagte ich, ja!

Mach vom Grab der – Eltern ein Foto mit deinem Handy, sagte Vater, und schick es mir.

Ja, mache ich, sagte ich. Wenn ich Zeit habe.

Es ist ein Skandal, sagte Vater, dass du noch nie in Highgate warst, wo doch dort –

Ja, sagte ich.

Ich will ein Foto!

Ja.

Ich bin leider so kindisch, dass ich erst dann brav bin, wenn ich dabei das Gefühl habe, ketzerisch und aufsässig zu sein. Als ich in einem Prospekt, der in meinem Londoner Hotel auslag, schlaflos Nüsschen knabbernd, unter dem Titel »sights« las, dass auf dem Friedhof von Highgate Karl Marx lag, beschloss ich, eine Verhandlungspause am nächsten Tag zu nutzen, um endlich diesen Friedhof zu besuchen. Ich nahm noch ein Bier aus der Minibar und grinste bei der Vorstellung, was mein Vater sagen würde, wenn ich ihm von Highgate ein Foto von Karl Marx schicken würde.

Es war allerdings nicht leicht, das Grab von Karl Marx zu finden. Ich fragte einen Mann, der auf diesem Friedhof unter all den Toten offenbar das Sagen hatte. Karl Marx, sagte er, ja, dort, im Ostteil.

Ich irrte herum. Las Inschriften auf Grabsteinen. Da sah ich plötzlich einen Grabstein, auf dem stand – mein Name. Ich konnte es nicht glauben. Ich habe einen seltenen Namen. Aber kein Zweifel: Da stand er eingemeißelt auf einem Stein.

Und mein Vorname.

Und mein Geburtsjahr. Bindestrich – und dahinter die Jahreszahl des Vorjahres. Ich schaute auf die Erde vor diesem Grabstein. Sie sah frisch aus. Als wäre sie eben erst über einen Toten gescharrt worden.

Wer lag da begraben? Ich. Am Stand der Informationen: Ich.

Solange ein Leben am Ende auf einen Namen, zwei Zahlen und einen Strich dazwischen reduziert wird, leben wir nicht in einer Informationsgesellschaft.

Ich stand auf dem Friedhof von Highgate, irgendwo zwischen Karl Marx und den host parents meines Vaters, und starrte auf einen Grabstein, auf dem geschrieben stand: hier liege ich, hier verwese ich, hier fressen mich die Würmer.

Mich erfasste große Trauer, aber es war nicht Selbstmitleid. Der Grabstein, auf dem mein Name eingemeißelt war, erlaubte keine Koketterie. Ich erinnerte mich – an ein Leben, das so großartig ... und so durchschnittlich war, dass ich nicht wusste, warum mir nun die Tränen kamen. Vielleicht ebendeswegen. Ein Leben, das – ich musste plötzlich lachen – so grotesk in

182

seiner ewig mühsam versteckten Banalität war, dass – und jetzt musste ich weinen. Ich stand vor einem Grab, einem Grabstein, auf dem mein Name stand, und trauerte, wissend, dass ich das nicht war, um mich.

Eine Frau pflegte das Grab nebenan. Sie sah auf und sagte etwas. Ich verstand sie nicht. Ich fragte nach, sie wiederholte den Satz, ich verstand wieder nicht. Entnervt sagte ich: Yes, indeed!

Sie nickte. Mehr ist offenbar nicht zu sagen, in Highgate, vor dem eigenen Grab: Yes!

Ich machte mit dem Handy ein Foto für meinen Vater, schickte es ihm. Die Frau sah mir zu und sagte etwas. Ich verstand sie nicht.

Ich nickte.

Als ich ging, hatte ich einen Satz im Kopf, und diesen Satz konnte ich nie mehr abschütteln. Ich erzähle normalerweise, dass diese Frau, die das Grab von Karl Marx gepflegt habe, den Satz gesagt hat, weil das die Erzählung so hübsch abrundet – aber die Wahrheit ist, dass ich sie gar nicht verstanden habe.

Der Satz war »einfach so« in meinem Kopf, als ich den Friedhof von Highgate verließ, vielleicht aber, das kann ich jetzt nicht beschwören, stand er auf dem Grabstein mit meinem Namen: »Tot sein heißt gewesen sein, falsches Leben heißt: nicht einmal das.«

Schluss machen

Er hatte ein auf Anhieb nichtssagendes Gesicht.
Dieser Satz ist wahrscheinlich einer der vertracktesten Romananfänge in der Weltliteratur, von geradezu bösartiger Dialektik: Mit einer klaren Aussage, die Nichtssagendes bezeichnet, wird die Hauptfigur vorgestellt und sofort wieder unserer Vorstellung entzogen – und zeigt durch diesen genialen Winkelzug doch nur, wie belanglos Anfänge sind. Erste Sätze in Romanen werden maßlos überschätzt. Wenn im Laufe der weiteren Erzählung diese Figur mit dem nichtssagenden Gesicht Kontur gewinnt, plastisch vor uns steht, uns interessiert und gar unser Denken und Fühlen zu ändern vermag – ist der Anfang dann nicht hinfällig geworden? Schlimmer noch: Statt den Roman aus sich heraus zu entlassen, hat dieser erste Satz die Kunstleistung der ganzen Erzählbewegung gleichsam »auf Anhieb« verschluckt und statt eines Schicksals eine äußerst dürftige Botschaft vermittelt, nämlich: »Der erste Eindruck kann täuschen.«
Wenn aber die Figur tatsächlich nichtssagend und blass bleibt, nur schemenhaft durch die weitere Erzählung schwebt – warum wurde dann noch so viel gesagt, das Nichtssagende auf dreihundertachtundneunzig Seiten durchexerziert?
Wer Schlüsse ziehen will, hält sich nicht mit Anfängen auf. Und wer sonst als ein Künstler, wüsste besser,

dass es letztlich um die Vollendung geht? Einer: der Kritiker.

Das ist immer mein Berufswunsch gewesen, meine, wie ich dachte, Lebensbestimmung: Literaturkritiker, mehr noch, *der* Literaturkritiker zu werden. Ich habe dieser fixen Idee Jahre meines Lebens geopfert, mich systematisch vorbereitet. Natürlich studierte ich Germanistik, schließlich Vergleichende Literaturwissenschaft. Ich studierte alle ästhetischen Theorien seit Hegels *Ästhetik* (die übrigens nicht an seine *Logik* heranreicht, wo wir den wunderbaren Satz finden: »Es ist nichts und muss etwas werden.«), ich exzerpierte die Rezensionssammelbände aller bedeutenden Kritiker von den Gebrüdern Schlegel bis Hieber, las regelmäßig literarische Neuerscheinungen und verglich meine Leseeindrücke systematisch mit den Rezensionen im Feuilleton.

Endlich sollte ich meine erste Chance bekommen, eine Rezension gleich für die zweitgrößte österreichische Tageszeitung. Der Redakteur, Herr Kahl, stellte mir in Aussicht, ein *fixer Freier* zu werden, also ein freier Mitarbeiter, der regelmäßig liefern dürfe. Ich dachte, das wäre ein Beginn.

Herr Kahl wollte einen Artikel mit 3500 Anschlägen; den Titel des Buches und den Namen des Autors habe ich mittlerweile vergessen – aber der erste Satz des Romans wird mir immer in unauslöschlicher Erinnerung bleiben. Wie viele grundsätzliche Überlegungen hatte er bei mir ausgelöst!

Die Rezension war beinahe fertiggestellt – es fehlte nur noch der Schlusssatz –, als ich bei einem Spaziergang in der Stadt, über den Schlusssatz nachdenkend, entdeckte, dass das Buch im Modernen Antiquariat bereits verramscht wurde.

Ich nahm ein Taxi und fuhr zu Redakteur Kahl. Er sah mich an, als hätte er mich noch nie gesehen!

Auf dem Heimweg wurde mir klar, was mich an dem zugegeben sehr intelligent erzählten Roman gestört hatte: Der Autor hatte keinen überzeugenden Schluss gefunden.

Ich habe seither keine Rezension mehr geschrieben. Ich bin an meinem Anspruch gescheitert.

Inhalt

Beginnen 9

Lange nicht gesehen 12

Das Ende des Hungerwinters 24

Die blauen Bände 45

Chronik der Girardigasse 71

Der Geruch des Glücks 79

Die amerikanische Brille 96

Glück in Luxemburg 113

Ewige Jugend 118

Romantische Irrtümer 128

Die neuen Leiden des fremden Freunds 145

Aufklärung kommt vor dem Fall 155

Anekdoten mit Toten 173

Schluss machen 184